무엇보다 소설을

더 깊게, 더 짙게, 혼자만을 위한 지독한 독서

무엇보다 소설을

함정임 글·사진

더 깊게,
더 짙게,
혼자만을 위한
지독한 독서

예담

이 책에 수록된 작품을 탄생시킨 작가와 출판사,
이 책을 만든 편집자와 미지의 독자에게 바칩니다.

프랑스, 파리, 페르라세즈 공동묘지, 마르셀 프루스트 묘 위의 백장미.

도스토옙스키는

숨을 거두던 마지막 순간에

이렇게 말했다.

"나를 방해하지 말지어다."

상트페테르부르크

서재에서였다.

그의 옆에는 아내

안나가 있었다.

한 편의 소설에는

한 작가의 생生이 아로새겨져 있다.

작가의 출생과 동터오는 여명기, 황금시대와 암흑기,

죽음이 어른거린다.

그리고 고독.

이 책은

누군가 어디에서 나고 자라고,

누구를 만나고,

어떤 계기로 소설을 쓰게 되고,

작가가 되는지,

어떤 계기로 작품 속에

불멸의 인간, 불멸의 문장, 불멸의 장면을 불러내게 되는지

현장을 직접 두 발로 찾아가 쓴

27편의 글로 이루어져 있다.

여기에는 쉼 없이 읽고, 답사하고, 쓴

70편에 가까운 소설들이

초대되어 있다.

소설 속의 어떤 곳은

청춘 시절부터 가슴에 품었으나

긴 우회 끝에 찾아간 경우도 있고,

어떤 곳은 여행 중에 돌발적으로

여정을 바꿔 찾아간 경우도 있다.

도스토옙스키, 위고, 플로베르, 프루스트, 울프, 디킨스,

피츠제럴드, 헤밍웨이, 반스, 쿤데라, 페렉, 호세이니, 우엘벡…….

이들은 내게 진솔한 한 문장 속에

세상의 본질과 사람살이의 섭리가 스며들어 있음을 일깨워준

문학적 스승이자 길동무들이다.

어떤 길이든,

길의 속성은 끝과 시작이

하나라는 것이다.

소설로 평생을 바친 도스토옙스키의 마지막 말처럼

그 어떤 방해 없이

깊고 짙게

혼자만의 지독하고도

내밀한 만남을 위하여,

무엇보다 소설을.

2017년 2월
봄이 오는 달맞이 언덕에서
함정임

contents

* **일러두기**
  작품의 인용은 원저작물에 실린 표기를 사용하였다.
  단행본과 신문, 잡지명은《》, 단편소설과 전자책, 시, 영화, 노래 제목은 〈〉로 표기
  하였다.

코히마르에서 만난
노인과 바다

어니스트 헤밍웨이, 《노인과 바다》

쿠바, 아바나, 코히마르 포구.
어니스트 헤밍웨이 《노인과 바다》의 무대.

소설은 한 문장의 한 단어, 한 단어에 뭉쳐 있거나

얽혀 있는 사실과 진실 들을 풀어나가는 현장이라고 할 수 있다.

코히마르, '전망 좋은 곳'이라는 뜻을 가진 작고 한적한 어촌마을을 찾아간 것은 쿠바 아바나에 도착한 지 이틀째 점심 무렵이었다. 아바나 도심에 있는 호세 마르티 문화원에서 쿠바 작가들과 함께 차에 올랐다. 차는 카리브 해 연안을 20여 분 달린 후, 어니스트 헤밍웨이의 단골 식당이었던 '라 테라사' 앞에 정차했다. 허물어질 듯 낡고 한적한 마을 분위기와는 달리 식당 안은 손님들로 만원이었고, 입구 테라스에서는 악사들이 손님 앞에서 흥겨운 리듬을 타며 노래를 부르고 있었다. "관타나메라, 과히라, 관타나메라!" 혁명가이자 시인이었던 호세 마르티의 시에 곡을 붙인 쿠바의 민중가요, 〈관타나메라〉. 잠시 그들의 리듬에 함께하다가 악사들에게 조금 후에 다시 오겠다는 눈인사를 건네고 서둘러 마을 안길을 걸어 바닷가로 향했다. 누군가 거기에서 만날 것 같은 야릇한 기대감에 사로잡혔다.

그는 멕시코 만류에서 조그만 돛단배로 혼자 고기잡이를 하는 노인이었다. 팔십사 일 동안 그는 바다에 나가서 고기를 한 마리도 못 잡았다. 처음 사십 일 동안은 한 소년이 그와 함께 나갔다. 하지만 사십 일이 지나도록 고기를 한 마리도 잡지 못하자 소년의 부모는 노인이 이젠 정말이지 돌이킬 수 없게 '살라오', 즉 운수가 완전히 바닥난 지경이 되었다고 소년에게 말했다. (중략) 매일같이 빈 배로 돌아오는 노인의 모습을 볼 때마다 소년의 마음이 아팠다.

어니스트 헤밍웨이, 《노인과 바다》

파도가 치고 있었다. 위협적인 물결은 아니었다. 해안선이 단순하고 얕아 보였다. 포구에서 배가 나가면 얼마나 멀리까지 갈까. 수평선을 눈으로 찾았다. 힌 노인이 어둠을 가르며 노를 저어 빠르게 나아가는 환영幻影이 생생하게 살아났다. 수평선 위아래로 엷게 구름이 끼어 있었다. 오른쪽으로 고개를 천천히 돌려보았다. 포구 끝에서 시선이 멈추었다. 한 노인이, 그리고 그 옆에 한 소년이 멀리 바다를 바라보며 서 있었다. 잘못 보았나, 눈을 한 번 깜박여보았다. 여전히 두 사람은 포개지듯 바다를 향해 서 있었다. 나도 모르게 노인 쪽으로, 동시에 소년 쪽으로 발길을 옮겼다.

노인은 비쩍 마르고 야위었으며 목덜미에 주름살이 깊게 패어 있었다. 두 뺨에는 열대 바다가 반사하는 햇빛으로 생긴 양성 피부암 때문에 갈색 반점이 번져 있었다. 갈색 반점은 얼굴 양옆을 타고 길게 아래까지 번졌고, 두 손에는 낚싯줄에 걸린 무거운 고기를 다루다가 생긴 상처 자국들이 주름처럼 깊이 패어 있었다. 하지만 이 중 최근에 생긴 흉터는 하나도 없었다.

어니스트 헤밍웨이, 《노인과 바다》

여행의 묘미는 목적했던 곳에 도달하는 과정 중 뜻밖에 만나는 장면이나 사람, 사태, 즉 돌발성이다. 나는 쿠바에 왜 갔던 것일까. 아니, 아바나에, 아바나에서 코히마르에, 그 한적한 어촌에. 그들을 향해 걸어가는 사이, 나는 그들을 만나러 온 것만 같이 신기할 정도로 반가운, 그래서 지레 느꺼운 기분에 휩싸였다. 태평양을 횡단해서 북미 캐나다로, 캐나다에서 중남미 멕시코로, 그리고 그곳에서 또다시 유카탄 반도를 지나 카리브 해의 섬나라 쿠바까지 온 목적과 행로가 머릿속에서 깡그리 지워진 채 말이다. 놀랍게도 거기, 그들, 노인과 소년이 있다니!

> 노인의 모든 것이 늙거나 낡아 있었다. 하지만 두 눈만은 그렇지 않았다. 바다와 똑같은 빛깔의 파란 두 눈은 여전히 생기와 불굴의 의지로 빛나고 있었다.
>
> 어니스트 헤밍웨이, 《노인과 바다》

노인이, 그리고 소년이 함께 있는 바닷가 포구에는 그들과 나, 그리고 하늘과 바다뿐이었다. 나는 행운의 여행자였고, 나는 그 행운을 사랑했다. 읽고, 또 읽어 이미 오랫동안 함께 살아온 식구나 정인情人이 되어버린 소설 속 주인공들처럼 내 앞에 그들이 있었다. 생애 첫 만남이었지만, 나는 그들에게 말을 걸 작정이었다. 그런데 뭐라 할 것인가. 진정, 그들은 누구인가.

> 소년에게 고기 잡는 법을 가르쳐준 사람은 노인이었다. 소년은 노인을 사랑했다.
>
> 어니스트 헤밍웨이, 《노인과 바다》

나는 그들이 누구인지, 그들의 관계가 무엇인지 모른다. 소년은 노인의 손자일 수도 있고, 아닐 수도 있다. 그러나 그들에게 다가가는 동안 나는 노인이 바다를 사랑하는 만큼 소년을 사랑하고 있는 것을 안다. 소년 또한 그만큼 노인을 사랑하고 있는 것을 안다. 만약 헤밍웨이의 《노인과 바다》가 없었다면, 그리하여 태평양을 건너, 멀고 다양한 경로를 밟아 이곳까지 오는 동안 그의 소설과 함께하지 않았다면, 나는 그들을 보는 순간 감지하지 못했을 것이다. 그들이 누구이고 어떤 관계인지를 떠나 그들이 자신만큼, 혹그 이상 서로를 얼마나 사랑하고 있는지를.

노인은 언제나 바다를 '라 마르la mar'라고 생각했다. 그것은 사람들이 바다를 다정하게 부를 때 쓰는 스페인어였다. 바다를 사랑하는 사람들도 이따금 바다를 나쁘게 말하긴 하지만 그런 때두 항상 바다를 여자처럼 여기며 말했다. 젊은 어부들 가운데, (중략) 바다를 남성인 '엘 마르el mar'라고 불렀다. 그들은 바다를 경쟁자나 투쟁 장소, 심지어 적처럼 여기며 말했다. 하지만 노인은 언제나 바다를 여성으로 생각했고, 큰 호의를 베풀어주거나 거절하는 어떤 존재로 생각했다. 만약 바다가 사납고 악한 행동을 한다면 그건 바다도 어쩔 수 없어서 그러는 것이었다.

어니스트 헤밍웨이, 《노인과 바다》

노인의 이름은 라파엘이었다. 그러나 소년의 이름은 묻지 못했다. 노인과 몇 마디 대화를 나누는 동안 소년은 사라지고 없었다. 그런 것이다. 소년은 소설이나 연극의 시작 또는 끝에 등장하는 존재였다. 나는 소년이 어디로 갔는지 노인에게 묻지 않았다. 다만, 노인에게 지금 무엇을 하고 있는지, 그래서 그가 무슨 생각을 하고 있는지, 그 생각들로 흘러온 그의 인생이 궁금했다. 마치 헤밍웨이가 이 마을에 와서 카를로스라는 늙은 어부를 만났을 때처럼. 그 어부로 인하여 불현듯 '멋진 이야기' 한 편을 쓰고 싶었던 것처럼. 나는 옷은 남루하고 얼굴은 '열대 바다가 반사한' 강한 햇빛으로 그을고 심하게 주름졌지만, '바다와 똑같은 빛의 파란' 눈을 가진 노인에게 매혹당했다. 라파엘이라는 이름의 이 노인은 내 눈에는 아무것도 보이지 않는 바다의 한 지점을 가리키며 물고기들이 있다고 팔을 쭉 뻗어 보였다. 그는 그 물고기들이 수면 위로, 그러니까 세상으로 튀어오르는 순간을 놓치지 않으려고 했다. 문우들이 모여 있는 라 테라사로 가기 위해 포구를 빠져나가다가 노인을 돌아보니, 그는 여전히 바다의 한 지점을 응시하며 순간을 기다리고 있었다.

기다림이라면, 그것도 노인의 기다림이라면 헤밍웨이만큼 통달한 작가도 없었다. 기다림이란, 다혈질이며 낚시광이자 사냥광인 헤밍웨이가 특히 잘 다룰 수 있는 세계였다. 전부를 거는 모험과 도전이라는 극적인 경험을 누구보다 잘 체득한 작가였기 때문이었다. 그야말로 기다림이라는 정적인 속성을 전복시킬 역동성을 품고 있는 적임자인 것.《노인과 바다》의 세계는 단조롭게 시작해서 극적으로 치솟았다가 다시 단조롭게 잠잠해지는 양상이 아니던가. 칼날의 양면처럼, 둘이되 한 몸처럼 붙어 있는 정적이고도 동적인 세계.

이 작품은 헤밍웨이가 코히마르에 정착한 지 13년 되던 1952년에 발표한, 길지 않은 분량의 소설이다. 작가는 한 번 스치듯 일별한 어떤 강렬한 이미지나 기운을 상상력으로 창조해내기도 한다. 하지만 그 작가의 이름을 건 문제작은 대개 오랜 시간, 그곳의 대기와 토양, 그곳에 사는 사람들과 그들의 언어, 그들의 삶 속에 녹아 들어가 안으로 밖으로 옆으로 위아래로 성찰하며 씨실과 날실처럼 한 단어, 한 문장을 뽑아 그야말로 직조織造하듯 짜낸 것이

되기도 한다. 이 마을에서 13년째 살아온 헤밍웨이가 처음 이 소설을 착상했을 때, 벅차오르는 흥분을 그대로 실어 친구에게 보낸 편지가 아무리 읽어도 매번 감동적인 것은 그 때문이다.

> 늙은 어부가 돛단배에서 홀로 4일 밤낮을 청새치와 싸운다는 줄거리야……. 카를로스 영감의 배를 타고 이 얘기가 그럴듯한지 바다로 나가보려고 해. 다른 배는 보이지 않는 망망대해에서 홀로 긴 싸움을 하는 중에 그가 한 모든 행동과 생각들이 그럴듯한지 말이야. 제대로만 해내면 정말 멋진 이야기가 될 거야, 작품이 되겠지!
>
> '1939년 헤밍웨이가 편집자 맥스웰 퍼킨스에게 보낸 편지' 중에서

소설은 흔히 지어낸 이야기, 허구fiction라고들 한다. 그런데 문제는 어디에서 얼마만큼 지어내느냐이다. 헤밍웨이의 《노인과 바다》는 한 편의 훌륭한 소설인 동시에 창작론이고, 나아가 인류학 책이다. 앞의 편지에서 보듯 작가는 소설의 줄거리를 단 한 문장으로 요약했다. '늙은 어부가 돛단배에서 홀로 4일 밤낮을 청새치와 싸'우는 이야기. 소설은 한 문장의 한 단어, 한 단어에 뭉쳐 있거나 얽혀 있는 사실과 진실 들을 풀어나가는 현장이라고 할 수 있다. 풀어나가되, '그럴듯한지' 앞뒤 사정을 살펴가며 이끌어나간다. 만약 제대로만 엮인다면, 그래서 누가 봐도 '그럴듯하다'면, 소설은 '작품'이 되는 것이다. 여기에서 한 가지 더 생각해보아야 할 것은, 헤밍웨이가 영감을 받은 카를로스 이야기로만 소설을 끝냈다면 작품이 될 수는 없을 것이라는 점이다. 그럴듯함에 견줄 만한, 나아

가 그럴듯함을 넘어서는 어떤 것을 창조해야 하는데, 미학과 철학이 그것이다. 소설 속 소년과 청새치의 존재를 생각해보면 뚜렷해진다. 이것은 철저히 헤밍웨이라는 작가가 창조해낸 '헛것' 그러니까 허구이며 '예술작품으로서의 소설'의 본질에 해당한다. 한 나약한 인간이 거대한 자연과 맞서는 내용(대결 구도)을 중심에 놓고 그 모든 것을 열고 닫는 프롤로그와 에필로그의 장치. 둘이되 하나, 정확하게는 셋이되 하나의 창조가 그것이다.

10대 시절부터 시대를 달리해서 만나온 《노인과 바다》. 2012년 헤밍웨이 사후 50년째 되는 해, 첫 번째로 출간된 새 번역본을 품고 소설의 무대이자 작가의 집필지인 쿠바 코히마르를 돌아본 후 도달한 나의 생각은, 노인 산티아고와 소년과 청새치는 모두 한 존재라는 것. 조르주 바타유가 헤겔의 시선으로 거창하게 풀어낸 '주인(노인)과 노예(청새치)의 변증법'이란 것도, 결국 내 안에 도사린 '또 다른 적敵이자 친구인 자아(세상)'와의 싸움 외의 아무것도 아니라는 것.

〈관타나메라〉를 흥얼거리며 라 테라사로 향했다. 식당 건너편 마을 화방 벽에는 맘씨 좋아 보이게 수염을 기른 헤밍웨이와 그가 잡은, 그의 키를 넘는 청새치가 친구처럼 함께 그려져 있었다.

"사람들이 나를 찾았었니?"

(중략) "바다는 아주 넓고 배는 작아서 찾기 힘들지." 노인은 말했다. 자기 자신과 바다만을 상대로 이야기하다가 이렇게 말상대가 있다는 게 얼마나 즐거운지 노인은 새삼스러웠다. "네가 보고 싶었다." 그는 말했다.

(중략) 오두막에서 노인은 다시 잠을 자고 있었다. 그는 여전히 엎드려 자고 있었고 소년이 옆에 앉아 그를 지켜보고 있었다. 노인은 사자 꿈을 꾸고 있었다.

어니스트 헤밍웨이, 《노인과 바다》

어니스트 헤밍웨이, 《노인과 바다》, 이인규 옮김, 문학동네, 2012

마들렌 효과,
프루스트를 읽는 겨울 오후

마르셀 프루스트, 《잃어버린 시간을 찾아서》

프랑스, 파리15구.
마르셀 프루스트와 버지니아 울프 특집호 문학잡지《마가징 리테레르》표지와 아네모네 꽃이 있는 책상.

VIRGINIA WOOLF

= Georges Banu —
Catri. L.Azon...

Le Magazine littéraire

P oust
retrouvé

Au tour de *À la recherche*
avec Antoine Compagnon,
Jean-Yves Tadié,
Diane de Margerie...

Documents inédits
Dix lettres intimes
de l'écrivain

Admiration
...té de chez Swann par
...niel Mendelsohn

Portfolio
...nteuil revisité

Peter Sloterdijk,
penseur bibbn...

...rs d'écrivains :
... ou censeurs ?

시간을 매개로 짜인 세상의 모든 소설은

이 한 편의 소설로 귀결된다.

무엇보다 홍차를. 그리고 프티 마들렌 한 조각. 겨울로 가는 길목, 파리의 11월을 회상한다. 박쥐가 검은 두 날개를 펼친 듯 컴컴하고 음울한 11월 오후를 잘 보내기 위해서 나는 때로 특별한 티타임을 준비하고는 했다. 돌이켜 보니, 평소와는 다른 사치스러운 시간이었다. 비스킷도 아니고 카스텔라도 아닌, 그 중간 형태의 프랑스 전통 과자 마들렌 한 조각을 따뜻한 홍차에 곁들여 준비하는 것이었다. 더불어 오렌지 불빛의 조명을 켜고 찻잔 옆에는 산드로 보티첼리의 화집을 펼쳐놓았고, 실내에는 비발디의 사중주 곡을 흐르게 했다. 유별난 듯 보이는 이 모든 것은 오직 한 편의 소설, 잠 못 드는 한 사내의 거대한 회상을 따라가기 위한 일종의 의식儀式이었다.

> 오랜 시간, 나는 일찍 잠자리에 들어 왔다. 때로 촛불이 꺼지자마자 눈이 너무 빨리 감겨 '잠이 드는구나.'라고 생각할 틈조차 없었다. 그러다 삼십여 분이 지나면 잠을 청해야 할 시간이라는 생각에 잠이 깨곤 했다. (중략) 나는 잠을 자면서도 방금 읽은 책에 대해 끊임없이 생각했는데, 그 생각은 약간 특이한 형태로 나타났다. 마치 나 자신이 책에 나오는 성당, 사중주곡, 프랑수아 1세와 카를 5세와 경쟁 관계라도 되는 것 같았다. (중략) 이 믿음은 윤회설에서 말하는 전생에 대한 상념처럼 전혀 이해할 수 없는 것이 되어 버렸다.
>
> 마르셀 프루스트, 《잃어버린 시간을 찾아서》

이것은 현대소설사에서 가장 많은 연구의 대상이 되는 마르셀 프루스트의 《잃어버린 시간을 찾아서》의 첫 대목, 제1권 〈스완

네 집 쪽으로〉의 출발점이다. 첫 문장부터 범상치 않다. 나는 일찍이 제목만큼이나 소설의 첫 문장에 주목할 것을 주문해왔다. 이 소설의 번역가가 쓴 각주에 따르면 '오랜 시간'은 단순히 '오랫동안longtemps'이라는 부사로 쓰인 것이 아니라 '오랜long'과 '시간temps'이 결합한 합성어 형태이다. 또한 번역가의 안내에 따르면, 이는 총 7부로 구성된 방대한 소설의 끝에 배치되어 있는 '시간 속에서dans le Temps'와 연계해서 읽어야 한다. 이처럼 시간을 소설 전체에 부각한 이 소설은 결국 문학 장르를 넘어 시간에 대한 탐구서라고 할 수 있다. 과장해서 말하면, 시간을 매개로 짜인 세상의 모든 소설은 이 한 편의 소설로 귀결된다고 할 정도이다. 소설은 인간을 중심으로 펼쳐지지만, 인간을 둘러싼 사건은 시간과는 떼려야 뗄 수 없는 절대적인 관계이다. 극단적으로 말하자면, 거대한 상념으로 이루어진 회상담인 《잃어버린 시간을 찾아서》가 등장한 이래 소설에서 더 이상 새로운 시간은 필요하지도, 존재하지도 않게 된 셈이다. 오직 꼬리에 꼬리를 무는 상념과 회상만이 시간의 제국을 형성하며 우뚝 솟아날 뿐이다.

잠을 자러 올라갈 때 내 유일한 위안은 내가 침대에 누우면 엄마가 와서 키스해주리라는 것이었다. 그러나 저녁 인사는 너무도 짧았고 엄마는 너무도 빨리 내려갔기 때문에, 엄마가 올라오는 소리가 들리고 뒤이어 문짝이 두 개 달린 복도에서 밀짚을 엮어 만든 작은 술이 달린 푸른빛 모슬린 정원용 드레스가 가볍게 끌리는 소리가 들릴 때가 내게는 정말 고통스러운 순간이었다. (중략) 그래서 난 그렇게도 좋아하는 저녁 인사가 되도록 늦게 오기를, 엄마가 아직 오지 않은 이 유예 기간이 더 연장되기를 바라는 것이었다.

마르셀 프루스트, 《잃어버린 시간을 찾아서》

엄마를 향한 어린 소년의 애틋한 그리움이 회상을 통해 예민하고도 세밀하게 제시되어 있다. 인물의 행동과 그것에서 비롯된 심리가 읽는 이에게 그대로 감지되는 듯하다. 이러한 효과는 작가의 정밀한 시간 의식, 곧 시간에 대한 자의식이 강할 때 가능하다. 소설가이자 탁월한 소설 연구자인 E. M. 포스터에 따르면, 서사를 이끄는 중추적인 역할인 시간을 운용하는 방식은 소설가마다 다르다. 크게 세 가지 범주로 나누어볼 수 있는데, 첫 번째는 시간을 숨기는 경우이고, 두 번째는 시간의 자연스러운 흐름을 뒤엎는 경우이고, 마지막 세 번째는 시곗바늘을 계속 뒤로 되돌려놓듯이 과거를 현재의 눈으로 뒤돌아보는 경우이다. 광기의 사랑을 통해 인간의 영역을 실험한 에밀리 브론테의 《폭풍의 언덕》은 첫 번째에 해당되고 '어느 신사의 견해와 생애'라는 소설의 부제로 어떤 내용과 형식이든 수용 가능하게 장치한 로렌스 스턴의 《트리스트럼 섄디》는 두 번째, 그리고 마르셀 프루스트의 《잃어버린 시간을 찾아서》는 세 번째에 해당된다.

이 작품은 회상이라는 마법으로 시곗바늘을 계속 뒤로 돌리는 지연의 서사이자 유예의 서사라고 할 수 있다. 이때 시간은 다양한 지류, 다양한 층위로 세분되는데, 이러한 시간 운용은 기존의 소설이 지향해온 기본 요소—인물, 플롯, 주제—를 와해시키는 결과, 아니 경지에 이른다. 인물의 비밀, 동시에 세상의 신비를 푸는 열

쇠는 파편적인 기억, 그 기억을 환기하는 접촉들이다. 스쳐 지나가면서 얼핏 보였던 누군가의 모습과 풍경, 또는 들리는 소리, 또는 혀에 닿는 감촉과 맛. 찰나의 미세한 움직임이 과거 속에 매몰되었던 기억, 즉 삶을 생생하게 불러일으키는 것이다.

지나가 버린 과거를 되살리려는 노력은 헛된 일이며, 모든 지성의 노력도 불필요하다. 과거는 우리 지성의 영역 밖에, 그 힘이 미치지 않는 곳에, 우리가 전혀 생각도 해 보지 못한 어떤 물질적 대상 안에 (또는 그 대상이 우리에게 주는 감각 안에) 숨어 있다. 이러한 대상을 우리가 죽기 전에 만나거나 만나지 못하는 것은 순전히 우연에 달렸다.

마르셀 프루스트, 《잃어버린 시간을 찾아서》

물질적 대상이 감각과 만나면 물질적 황홀로 변화되기도 한다. 특히 《잃어버린 시간을 찾아서》와 같은 소설은 바로 이러한 순간을 포착하고 증언하는 몫을 수행한다고 할 수 있다. 이 소설이 20세기 이후 현재까지 현대소설의 출발점이자 종착지로 평가받아온 데에는 바로 물질적 대상을 물질적 황홀로 승화시킨 '마들렌 효과' 창출에 근거가 있다.

어느 겨울 날, 집에 돌아온 내가 추워하는 걸 본 어머니께서는 평소 내 습관과는 달리 홍차를 마시지 않겠느냐고 제안하셨다. 처음에는 싫다고 했지만 왠지 마음이 바뀌었다. 어머니는 사람을 시켜 생자크라는 조가비 모양의, 가느다란 홈이 팬 틀에 넣어 만든 '프티트 마들렌'이라는 짧고 통통한 과자를 사 오게 하셨다. 침

울했던 하루와 서글픈 내일에 대한 전망으로 마음이 울적해진 나는 마들렌 조각이 녹아든 홍차 한 숟가락을 기계적으로 입술로 가져갔다. 그런데 과자 조각이 섞인 홍차 한 모금이 내 입천장에 닿는 순간, 나는 깜짝 놀라 내 몸속에서 뭔가 특별한 일이 일어나고 있다는 사실에 주목했다. 이유를 알 수 없는 어떤 감미로운 기쁨이 나를 사로잡으며 고립시켰다.

마르셀 프루스트, 《잃어버린 시간을 찾아서》

    추운 겨울날 외출에서 돌아온 나에게 어머니가 준 따뜻한 홍차에 마들렌을 입 안에 넣는 순간. 이 장면은 현대소설사를 통틀어 인상적인 대목 중 하나로 꼽힌다. '오늘 엄마가 죽었다'로 시작되는 알베르 카뮈의 《이방인》 첫 대목, 로캉탱이라는 주인공 사내가 오후의 해변을 산책하다가 아이들이 조약돌로 물수제비뜨는 것을 보고 자신도 해보려고 조약돌을 집어든 순간의 친근하면서 이질적인 느낌을 추적한 장 폴 사르트르의 《구토》의 한 대목과 함께 말이다. 이러한 장면은 단순히 수많은 단락 중 하나에 그치지 않고 소설의 주제와 정체성을 드러내는 의미심장한 역할을 한다. 따뜻한 홍차에 작은 마들렌 한 조각을 한 입 물었을 뿐인데, 서사는 이전과 다른 양상을 띤다. 물질적 대상인 마들렌이 물질적 황홀로 전환될 때마다 과거의 사적인 에피소드들이 불쑥불쑥 되살아나 기억의 복원을 이루고 소설을 끝없이 이끌어간다. 특정한 맛은 과거에 잊힌 어느 시기의 삶을 불러내고, 비로소 잃어버린 시간을 찾아 떠나는 여행의 단초가 된다.

갑자기 추억이 떠올랐다. 그 맛은 내가 콩브레에서 일요일 아침마다 (중략) 레오니 아주머니 방으로 아침 인사를 하러 갈 때면, 아주머니가 곧잘 홍차니 보리수차에 적셔서 주던 마들렌 과자 조각의 맛이었다.

(중략) 그것이 레오니 아주머니가 주던 보리수차에 적신 마들렌 조각의 맛이라는 것을 깨닫자마자 (중략) 온 콩브레와 근방이, 마을과 정원이, 이 모든 것이 형태와 견고함을 갖추며 내 찻잔에서 솟아 나왔다.

마르셀 프루스트, 《잃어버린 시간을 찾아서》

20세기 부조리 극작가 사뮈엘 베케트와 비평가 발터 베냐민, 철학자 질 들뢰즈를 자극하고 새로운 작품 창작의 전범典範이 된 프루스트의 《잃어버린 시간을 찾아서》는 1970년대부터 국내에 다양한 번역 판본으로 출간되어왔다. 특히 프루스트의 미묘하고 난해한 문장이 어떻게 우리말로 옮겨지는가가 관건이었는데 최근 출간되고 있는 김희영의 번역본은 프루스트 전공자의 것이니만큼 프루스트를 좀더 내밀하게 느낄 수 있을 것이다.

프랑스의 문학사가 앙드레 모루아의 말처럼 세상에는 두 종류의 사람, 프루스트를 읽은 사람과 읽지 않은 사람만이 있다. 마들렌 아니 프루스트 효과일까. 겨울 오후, 내가 원하는 것은 따뜻한 홍차 한 잔과 프티 마들렌 한 조각, 프루스트를 읽는 즐거움 외, 모든 것은 사족이다.

마르셀 프루스트, 《잃어버린 시간을 찾아서》(전6권), 김희영 옮김, 민음사, 2012

21세기 소설의 지도와
영토의 현상학

미셸 우엘벡, 《지도와 영토》

프랑스, 파리15구, 에펠탑.
파리 상공에 치솟은 탑을 에워싸고, 세상에 난 길들처럼 창공을 향해 뻗친 겨울 나뭇가지들.

21세기의 소설가들은 문자·기호로 할 수 있는

모든 실험이 가능한 장르가 소설임을 증명하려고 애쓰는 중이다.

몇 해 전 여름, 자정 무렵 파리에 도착해 다음 날 아침 달려간 곳은 센 강변 지척의 '지베르 조제프'라는 단골 서점이었다. 프라하에서 파리로 오자마자 곧바로 프랑스 북동부 국경지대에 있는 아르튀르 랭보의 고향 마을 샤를빌메지에르에 갔다가 이후 사흘 동안 프랑스와 벨기에를 자동차로 돌아볼 예정이었다. 자동차를 골목에 잠시 세워놓고 늘 그렇듯이 서점에 들어서자마자 2층으로 뛰어 올라갔다. 그리고 (늦었지만) 그해 미슐랭 지도를 샀다. 보는 이에 따라서는 첨단 디지털 시대에, 그것도 세계 디지털 초강국인 한국에서 온 작가로서는 뜻밖의 행동이라 여길 수 있다. 그러나 나는 앞으로 세상이 어떻게 변한다 해도 매년 신판 지도를 살 것이고, 그것을 의지해 낯선 길을 떠날 것이고, 그 어떤 작품에서보다 벅찬 감동을 느낄 것이었다.

아버지가 차에 기름을 가득 채우는 동안 제드는 아버지의 부탁으로 크뢰즈 지역의 미슐랭 지도를 샀다. 비닐 포장된 클럽 샌드위치 진열대에서 두어 발짝 떨어져 지도를 펼쳐들었을 때, 제드는 생애 두번째로 커다란 미학적 발견을 했다. 지도의 아름다움에 전율이 일었다. (중략) 그는 크뢰즈 지역과 오트 비엔 지역을 15만분의 1로 축소해놓은 이 미슐랭 지도만큼이나 훌륭하고 감동적이고 의미 있는 물건은 한 번도 본 적이 없었다.

미셸 우엘벡, 《지도와 영토》

내가 처음 지도의 존재를 알게 된 것은, 그러니까 지도의 매력에 푹 빠지게 된 것은 한글을 막 깨쳤던 초등학교 1학년 때였다. 저녁

식사가 끝나고 숙제까지 마친 오빠와 나는 지도를 펼치고 지명 찾기 놀이에 열중하고는 했다. 딱히 놀잇거리가 없던 때였고, 텔레비전보다는 라디오에 친숙했던 시절이었다. 오빠와 내가 서로에게 미션으로 던지는 지명들은 작고 희미하게 적혀 있는, 주로 오지들이었고, 때로는 눈앞에 큼지막하게 쓰여 있는 대도시들도 슬쩍 수색 대상이 되기도 했다. 지도는 광활한 우주였고 그 위에 적힌 지명들은 셀 수 없이 퍼져 반짝이는 별들이었다. 그때 내 눈에 들어온 별들, 아니 지명들을 훗날 지나가거나 직접 방문하는 일이 생기기도 했는데, 그때에는 마치 영화나 소설의 가상 도시 속으로 들어가듯 신비로운 기분에 사로잡히곤 했다. 어쩌면 먼 곳, 낯선 곳을 동경하며 틈만 나면 떠나려는 노마드적인 기질은 일찍부터 그때 지도 찾기의 황홀에서 비롯된 것인지도 모른다. 하여, 때로 나는 이렇게 당당히 외치며 사는지도 몰랐다. 지도, 그것은 곧 나에게 사전이고, 세상이고, 문학이다.

지도 속에는 세계에 대한 과학적 기술적 이해와 모더니티의 본질이 동물적 삶의 본질과 한데 섞여 있었다. 색깔로 구분되는 약호만 사용한 그림은 복잡하고 아름다웠으며, 완전무결한 명료함을 지니고 있었다. 중요도에 따라 달리 표시된 각각의 마을과 촌락들에서 수십, 수백여 생명과 영혼들의 맥박 소리와 함성이 들리는 듯했다. 그중 어떤 영혼들에게는 천형이, 어떤 영혼들에게는 영생이 약속되어 있을 터였다.

미셸 우엘벡, 《지도와 영토》

지도 애호가를 넘어 지도 예찬자인 나에게 미셸 우엘벡의 《지도와 영토》는 프랑스에서 출간되던 순간부터 제목만으로도 나를 사로잡았다. 당연히 한국어판으로 번역되어 나오자마자 점검한 것은 두말할 나위가 없었다. 그런데 나는 즉시 책을 읽고 그것에 대해 쓰지 않았다. 그 대신 겨울과 여름에 중앙아메리카와 유럽으로 떠났다가 돌아와서 서재 벽과 서가에 현지 지도들을 붙여놓고 그 앞에 서 있고는 했는데, 그때마다 그 책은 책상 한쪽에서 길어지는 침묵에 항의하듯 수시로 나를 자극했다. 그러면 나는 책상 위에 지도를 펼쳐놓고 컴퍼스를 든 채 몸을 비스듬히 굽혀 빛이 쏟아져 들어오는 창밖을 응시하는 요하네스 베르메르의 그림 〈지리학자〉를 떠올렸고, 그때마다 정신의학자 크리스토프 앙드레가 쓴 이 '지리학자'에 대한 통찰을 환기했다.

수세기 동안 우리는 떨어져 있었음에도 불구하고, 지리학자의 탐구는 우리와 가까이 있다. 작업실의 닫힌 공간으로부터 그는 세계지도를 그리느라고 열정을 바치고 있다.

(중략) 사실 우리는 늘 행복을 추구하고 있다.

(중략) 행복의 신비를 푸는 데 그림은 하나의 가이드가 되거나 그 자체로 수수께끼가 될 수 있다.

(중략) 우리의 지리학자, 그도 하나의 수수께끼를 찾으려고 애쓴다. 오랫동안 잘못된 방식으로 그것을 찾고 탐구하고 정정하고 성찰해왔다는 사실을 그는 마침내 인식하게 된다…. 그래서 그는 고개를 들어 빛이 들어오는 쪽으로 돌린다.

크리스토프 앙드레, 《행복을 주는 그림》

베르메르의 〈지리학자〉와 2012~2013년 미슐랭 프랑스 지도를 살펴본 뒤, 나는 급기야 파리에서 돌아오자마자 《지도와 영토》를 펼쳐 들었다. 그러나 나는 무엇인가 망설이고 있었다. '영토territoire'가 내내 마음에 걸렸다. 내가 알기로, 그것은 단순한 것이 아니었다. 그것은 프라하에서 파리에 도착하자마자 미슐랭 지도를 챙겨 달려갔던 샤를빌메지에르의 랭보와 관계된 것이었고, 랭보가 외친 정언 "절대 현대 세계로 들어가라"와 관계된 것이었고, 그리고 20세기 프랑스의 지질학자이자 정신분석학자인 펠릭스 가타리와 철학자 질 들뢰즈가 오랜 세월 공동으로 탐구한 《천 개의 고원》으로 수렴되는 것이었다. 곧, 영토란 무엇인가! 우엘벡의 《지도와 영토》를 읽는 일은 그러니까, 밀란 쿤데라가 《커튼》에서 지칭한, '선先 해석'들에 대한 점검이 필수였다.

어떤 사물에 자기 이름을 서명하는 것과 어떤 땅에 자기 깃발을 꽂는 것은 같은 일이다. 어느 고등학교 교장은 교정에 흩어져 있는 나뭇잎을 한 장도 남김없이 주운 다음 도장을 찍어 원래대로 뿌려두었다. 서명한signé 것이다. 영토를 나타내는 지표는 기성품ready-made이다. (중략) 소박한 예술가는 영토성의 운동 가운데 표현의 질료를 형성하고 해방시킨 것뿐이다. 이것이 바로 예술의 토대 또는 토양을 이루고 있다. 어떤 것이라도 취해 표현의 질료로 바꾸는 것.

질 들뢰즈·펠릭스 가타리, 《천 개의 고원》

미슐랭 지도와 베르메르의 〈지리학자〉, 그리고 펠릭스 가타리와 질 들뢰즈가 앞서 해석한 '영토론'을 통과한 뒤에야 나는 《지도와 영토》의 첫 장을 열 수 있었다. 파리에서 돌아온 지 한 달 만이었고, 책상 한켠에 이 책이 자리 잡은 지 1년 만이었다. 소설의 기본적인 특성은 '재미'에 있지만, 소설이 시대를 초월해 생명력을 확보하게 된 것은 이 재미와 더불어 우리 삶의 벅찬 순간과 감동을 전하는 기록과 견해(혹은 사상), 미美의 기능을 수행해왔기 때문이다. 기록은 사실fact(역사)의 차원에, 사상은 세계관(비전)의 차원에, 미는 새로움(도전)의 차원에 연계된다. 소설을 지속적으로 읽는 행위는 인간과 세상에 대한 탐구작업이며, 탐구는 연대기적 흐름과 지금 이곳의 현상을 두루 살필 수 있는 감식안의 연마와 작동이라고 할 수 있다. 이는 파리국립예술학교 출신의 제드 마르탱이라는 사진가이자 화가를 주인공으로 내세워 현대소설과 예술의 관계, 인간의 삶과 죽음의 방식, 위협적으로 변화하는 21세기의 속도와 속성을 정면으로 다루고 있는 우엘벡의 《지도와 영토》를 끝까지 살피며 또 견디며 심지어 재미를 느끼며 읽는 데 특히 필요하다.

제드 마르탱이 생애 후반부에 몰두했던 작품들은 유럽 산업시대의 종말, 보다 폭넓게는 인류가 이룩한 산업 전체의 일시적이고 덧없는 특성에 대한 향수 어린 명상으로 비칠 수 있다. (중략) 당혹감은 제드 마르탱이 이 땅에서 사는 동안 함께했던 인간들을 소재로 한 작품, 즉 혹독한 기후의 영향을 받아 분해되고 박리되고 산산이 찢겨나간 사진들을 촬영한 영상을 마주할 때도 계속된다. 아마 이것이 인류의 전멸을 상징하는 것처럼 보이기 때문이리라.

미셸 우엘벡, 《지도와 영토》

이것은 사진가이자 화가인 제드 마르탱의 최후를 증언하는 형식의 소설 마지막 대목이다. 소설은 한 인간의 생애를 순차적으로 성실하게 쫓아가는 전통적인 서사의 흐름에서 벗어난 지 오래되었다. 작가는 인물에게 일어난 사건과 사건에 담긴 시간을 해체하여 (혼란스럽게) 재배치하고, 독자는 혼란스러운 사건과 시간의 조각들을 하나하나 찾아 한 편의 (반듯한) 퍼즐 작품으로 완성해간다. 작가의 기질에 따라 유발하는 혼란의 정도가 다른데, 우엘벡의 경우, 진폭도 크고 내용도 다채롭다. 소설이라는 종자가 세상에 던져진 이후 지금껏 그랬지만, 21세기의 소설가들은 문자·기호로 할 수 있는 모든 실험이 가능한 장르가 소설임을 증명하려고 애쓰는 중이다. 액자 형식에다 다중시점은 기본이고 심지어 소설 속에 자신을 직접 등장시키는가 하면, 고전적인 예술비평에서부터 21세기적 디지털 매체 환경의 지식과 정보 짜깁기까지 《지도와 영토》를 통해 우엘벡이 이끄는 소설적 행보는 종횡무진하다. 궁극적으로 그것은 그가 소설의 제목을 통해 전하고자 했던 주제, 곧 '지도는 영토보다 흥미롭다'의 한 문장으로 귀결된다. 그리고 지도를 소설로, 영토를 현상학으로 변화시키는 것은 순전히 나, 또는 독자의 몫이다.

질 들뢰즈·펠릭스 가타리, 《천 개의 고원》, 김재인 옮김, 새물결, 2001
크리스토프 앙드레, 《행복을 주는 그림》, 함정임·박형섭 옮김, 마로니에북스, 2007
미셸 우엘벡, 《지도와 영토》, 장소미 옮김, 문학동네, 2011

괄호 속 인생,
괄호 속 웃음의 세계

윤성희, 《웃는 동안》

프랑스, 파리13구, 파리3대학, 대학 기숙사.
블록으로 구획된 창문들. 같은 구조의 창문이지만 안에 누가 살고 있느냐에 따라 창밖의 표정이 달라진다.
윤성희의 《웃는 동안》은 단락으로 블록화하고 괄호로 숨통을 튼다.

지문에서 괄호란 부연적인 것, 여담적인 것이다.

여담은 본 서사에서 부차적인 것으로 폄하되었지만,

21세기에 들어서는 새로운 서사의 기능으로 각광받고 있다.

오랜만에 윤성희의 단편소설을 읽는다. 아니, 오랜만에 한국소설을 읽는 기분이다. 하지만 나는 늘, 아니 매일, 어쩌면 하루에 한 편 이상, 소설들, 그중 반드시 한 편 이상의 한국소설들을 읽으며 살고 있지 않은가. 또한 윤성희의 소설은 문예지에 발표될 때마다 읽어오지 않았던가? 그런데 낯설다. 처음 읽는 것 같다.

문예지는 작가들에게 현장이고 무대이다. 화가들이 몇 년 동안 작업한 그림들을 모아 갤러리에서 날 잡아 전시하듯, 작가들도 한 달 혹은 1년 동안 쓴 작품들을 문예지에 발표한다. 그리고 작품들이 일정량 모이면 한 권의 책, 소설집으로 묶어낸다. 문예지에 발표할 당시 읽었던 작품과 한 권의 책으로 묶여서 출간된 작품이 같은 작품이라 해도 감회가 다를 수 있다. 문예지에 발표할 당시의 작품은 그 순간의 작가와 작가 주변, 작가가 속한 사회, 그러니까 세계의 상황 속에 놓인다. 작가도 작품도 독자도 세계도 동시성을 갖는다. 이러한 것을 하나로 꿰뚫는 말이 있으니, '정황情況'이 바로 그것이다.

올해 고등학교에 입학한 조카의 휴대폰에는 129명의 전화번호가 저장되어 있었다. "삼촌은 왜 이렇게 아는 사람이 없어." 나는 조카에게 새해가 되면 1년 동안 한 번도 통화를 하지 않은 사람의 번호를 지운다고 말해주었다. 내 휴대폰에는 34명이 저장되어 있었다. (중략) 조카의 휴대폰에는 재미있는 이름이 많았다. 자기 아빠 이름은 도돌이표. (나와 열일곱 살 차이가 나는 큰형은 진짜 잔소리가 심했다. 나는 얼른 휴대폰을 꺼내 형의 이름을 도돌이표로 바꾸었다.) 엄마 이름은 칼슘보조제.

(키가 작은 형수는 조카에게 하루에 유유를 세 잔씩 먹였다.)

윤성희, 〈웃는 동안〉, 《웃는 동안》

윤성희의 소설집 《웃는 동안》에는 열 편의 단편소설이 수록되어 있다. 표제작인 〈웃는 동안〉은 2008년에 한 문예지에 발표한 작품이다. 한국소설 문단에서 왕성하게 창작활동을 펼치는 작가가 소설집을 출간하는 수기는 보통 2~3년. 소설집 끝에 밝힌 작품 발표 출처를 보면 수록작 중 〈어쩌면〉은 2007년에, 〈구름판〉은 2011년 가을에 발표했다. 2011년 12월에 한 권의 소설집으로 묶어 출간했으니, 2007년에 발표한 소설집 《감기》 이후 햇수로 5년 만이다(이후 2016년 4월에 소설집 《베개를 베다》가 출간되었다. 역시 5년 만의 소설집이다). 문단에서 성실하기로 소문난 이 작가에게 무슨 변화가 생긴 것일까?

소설가가 되기 위해 지금 이 순간에도 골방에 틀어박혀 문장과 씨름하고 있는 문학청년들에게는 사치스럽게 들릴지 모르지만, 소설가라고 소설 쓰기가 지겨워지지 않을 수 없다. 몇십 년 경력의 작가라 해도 매번 새 소설을 시작할 때면 첫 소설의 설렘과 막막함, 그리고 부담감을 떠안기 마련이다. 설렘으로 치면, 창작은 황홀한 작업이고, 막막함과 부담감으로 치면, 저주받은 자의 불행이자 고통이다. 〈옥수수와 나〉라는 단편으로 제36회 이상문학상 대상을 받은 김영하가 수상 소감 첫 마디로 작가들이 주고받은 농담—"글만 안 쓰면 참 좋은 직업인데 말이야."—을 소개한 것은 같은 맥락으로 읽을 수 있다. 실제로 김영하는 2011년 문예지에 단 한 편의 단편소설을 발표했고, 그 작품으로 대상을 받았다. 한국의 대표적인 노마드 작가인 그는 한곳에 뿌리내려 쓰지 않고 전 세계의 여러 곳을 여행하거나 거주하며 세계문학의 흐름 속에서 한국소설의 최전선으로 자신의 역량을 견인하는 행보를 보여왔다. 〈옥수수와 나〉는 그러한 작가의 삶과 문학의 호흡과 리듬 속에 생산된 작품이라고 할 수 있다. 그런 의미에서 김영하의 소설에 관한 한, 특히 단편에 관한 한, 〈옥수수와 나〉를 경계로 그 이전과 이후로 나뉠 수 있다. 이러한 변화 조짐은 그가 뉴욕 체류 초기에 출간한 소설집 《무슨 일이 일어났는지는 아무도》에서 나타나기 시작했다. 작가는 매 순간 변화를 꿈꾸지만 작품으로 나타나는 것은 매우 미미한 변화이다. 그것이 속성이며 순리이다. 변화도 확장도 작가의 인간과 세상에 대한 가치관, 세계관의 결을 따라 표출되고 방향의 가닥을 잡아나가는 것이기 때문이다. 그런 의미에서 김영하의 〈옥수수와 나〉는 한국소설이라기보다 세계소설의 선두 작품으로 읽힌다. 한국소설은 한국 독자를 대상으로 하지만 세계소설은 처음부터 세계 시민을 독자로 상정한다.

한 정신병원에 철석같이 스스로를 옥수수라 믿는 남자가 있었다. 오랜 치료와 상담을 통해 자신이 옥수수가 아니라는 것을 겨우 납득한 이 환자는 의사의 판단에 따라 귀가 조치되었다. 그러나 며칠 되지도 않아 혼비백산 병원으로 돌아왔다.

"아니, 무슨 일입니까?"

의사가 물었다.

"닭들이 나를 자꾸 쫓아다닙니다. 무서워 죽겠습니다."

(중략)

"선생님은 옥수수가 아니라 사람이라는 거, 이제 그거 아시잖아요?"

환자는 말했다.

"글쎄, 저야 알지요. 하지만 닭들은 그걸 모르잖아요."*(슬라보예 지젝이 즐겨 인용하는 동유럽의 농담)

김영하, 〈옥수수와 나〉, 《옥수수와 나 – 2012 이상문학상 수상작품집》

마치 신경학자 올리버 색스의 화제작 《아내를 모자로 착각한 남자》의 한 대목을 읽는 듯한 도입부인데, 소설 전체가 이 에피소드로 진행되는 것이 아니라 3부 구성 중 처음과 끝만 장식할 뿐이다. 정작 소설의 본체는 작가를 화자로 삼아 자본주의 체제에서의 소설 창작의 메커니즘을 희화화해서 보여주고 있다. 가만, 윤성희의 두 소설집 《감기》와 《웃는 동안》의 비정상적인 공백을 두고 작가에게 무슨 일이 있었는지를 더듬다가 잠시 샛길로 빠졌다. 샛길이라고 했지만 사실 살면서, 아니 쓰면서 샛길만큼 유혹적인 것은 없다. 어떤 사물이나 일의 사정과 사태를 명료하게 헤아리기 위해서는 비교라는 방법이 가장 효과적이다. 그런 의미에서 김영하 소설로의 샛길 빠지기는 얼마든지 유의미하다. 김영하가 지난 2년여간 세계 체제의 흐름 속에 세계소설로서의 페이스를 조절하고 있었다면, 윤성희는 단편에서 장편의 호흡과 리듬을 치열하게 조련했다고 할 수 있다. 《구경꾼들》은 데뷔 11년 차 작가 윤성희의 첫 장편으로 웹진에서 일일 연재를 거쳐 출간되었다. 소설집 《감기》와 《웃는 동안》 사이에 장편소설 《구경꾼들》이 놓이게 된 것인데 그렇게 보자면 작가 윤성희는 출간의 흐름을 2, 3년 주기로 꾸준히 유지해온 셈이다. 내가 《웃는 동안》에서 유독 흥미롭게 주목한 것은 두 가지인데 우선 대화체를 쓴 방법이다.

멤버 소개

우리들이 마지막으로 먹은 것은 죠스바였어. 설악산으로 수학여행을 가던 버스 안에서였지. 반 아이들이 앞에서부터 한 명씩 노래를 부르기 시작하자 압정은 끔찍하다는 말을 열 번도 더 내뱉었어. 왜 압정이냐고? 머리가 아주 크거든. "나는 자는 척해야겠다." 압정 옆에 앉은 라디오가 의자 등받이 조절 버튼을 누르면서 말했어. 그러자 압정의 의자가 뒤로 젖혀졌지. "라디오. 이건 내 의자야. 넌 저쪽 걸 눌러야지." (중략) 라디오는 밤마다 라디오를 들어. (중략) 그 라디오는 60년도 더 된 거야. 딸에게서 딸로 물림 되어온 것이지.

윤성희, 〈어쩌면〉, 《웃는 동안》

위의 인용에서 보듯 《웃는 동안》에 수록된 열 편의 작품들은 모두 단락 안에 대화를 수용하고 있다. 보통 지문에 대화를 쓸 경우 따옴표를 생략한 채 간접화법으로 처리하는데, 이 작가의 경우 직접화법을 고집스럽게 단락 안에 가둬놓고 있다. 이는 작가가 소설을 대하는 자세, 정확히는 문장을 부리는 태도가 한 치의 흐트러짐이 없이 매우 엄격하고 정교하다는 것을 말해주는데, 컴퓨터 자판을 두드려 불러낸 문장들이지만 연필로 한 단어, 한 문장 꾹꾹 눌러 쓴 것처럼 군더더기 없이 간명하다. 또 주목해야 할 점은 몇몇 작품에서 구사된 괄호의 사용이다.

이모는 취하면 현관문을 발로 걷어차곤 한다. 술만 마시면 현관 비밀번호가 기억나지 않는다나. 쿵. 쿵. 쿵. 세 번 발로 문을 걷어차고 난 뒤에는 나지막이 한숨 소리가 들린다. 그러면 나는 티셔츠와 반바지를 대충 걸쳐 입고(잠을 잘 때 나는 아무것도 입지 않는다. 몸이 튼튼해야 공부도 잘되는 법이라며 이모는 내게 중학교 입학 선물로 한약을 한 제 지어주었는데, 그걸 먹고 나서부터 답답한 걸 견디지 못하는 아이가 되었다) 밖으로 나간다. 쿵. 쿵. 쿵. 다시 한 번 이모가 문을 발로 걷어찬다.

윤성희, 〈구름판〉, 《웃는 동안》

이렇듯 윤성희의 단편들에서 괄호의 사용을 유의해서 볼 필요가 있다. 지문에서 괄호란 부연적인 것, 여담적인 것이다. 읽을 시간이 없거나 읽을 의향이 없으면 안 읽어도 무방한 것이 괄호 속 내용이다. 수사학에서 괄호는 여담으로 분류되고, 여담은 본 서사에서 부차적인 것으로 폄하되었지만, 21세기에 들어서는 새로운 서사의 기능으로 각광받고 있다. 이는 세계, 중심과 주변이 전복되고, 다른 종, 다른 장르가 혼종, 통섭되는 21세기적인 흐름에 적합한 기능으로 간주한다. 곧 속말, 속삭임 같은 괄호, 본 궤도에서 자꾸 이탈해 빠져드는 샛길 같은 괄호를 더 주목하고 귀를 기울이게 되는 것이다. 생각해보면, 이야기가 다 끝나고 나서 슬쩍 웃으며 '이건 여담인데'라고 덧붙이는 목소리에 유독 호기심이 발동하듯이 괄호 속 내용을 유독 탐하지 않았던가. 그런데 이렇게 말하고 보니, 윤성희 소설의 인물들은 하나같이 여담적인 인간들, 괄호 속의 인생들이 아닌가 싶다. 그 괄호 속의 은근하고도 뜬금없는 귀엣말이 일상이라는 거대한 본말本末을 잠시 잊게 해주지 않는가. 그리하여 웃게 해주지 않는가. 신기하고 고마운 일이다.

윤성희, 《웃는 동안》, 문학과지성사, 2011
김영하 외, 《옥수수와 나 - 2012 이상문학상 수상작품집》, 문학사상사, 2012

한 인간의 행로에서
시작된 소설의 세기

빅토르 위고, 《레 미제라블》

프랑스, 파리4구, 마레 지구, 보주 광장.
'붉은 방'이 있는 빅토르 위고의 집.

작가가 의도한 것은 한순간의 실수로 인해

시시포스처럼 속죄의 천형을 짊어지게 된 장 발장이라는 사내의 성자적 행로이다.

파리 마레 지구 보주 광장 6번지 로앙 귀에메네 대저택 2층, 빅토르 위고의 집에서 일반적으로 '붉은 방'이라고 불리는 방 중앙에는 다음과 같은 편지 문구가 전시되어 있다. "내 생각에 이 작품은 중요한 정점이 될 것이요, 그렇지 않으면 내 주요작이 되든지!" 이 편지를 쓴 사람은 빅토르 위고, 받는 사람은 화가 외젠 들라크루아다. 들라크루아라면 〈악의 꽃〉의 시인 샤를 피에르 보들레르가 열광한 프랑스 낭만주의를 대표하는 화가. 〈키오스의 대학살〉(1824), 〈민중을 이끄는 자유의 여신〉(1830), 〈천사와 싸우는 야곱〉(1856~61)은 시대를 뛰어넘어 수많은 예술가들에게 영감을 주고, 오마주의 대상이 되고 있다. 예순 살의 위고가 예순네 살의 들라크루아에게 흥분에 차서 써 보낸 편지에서 언급한 작품은《레 미제라블》을 가리킨다. 편지를 쓴 시점은 1862년으로, 1845년에 이 소설을 쓰기 시작했으나 15년 동안 방치했다가 1860년 다시 집필하기 시작해 1862년 4월 제1부를 대중에게 내놓기 직전이었다. 소설의 첫 장을 펼치기 전에 위고는 1862년 1월 1일, 당시 유배지였던 건지 섬의 오트빌 하우스에서 다음과 같이 헌사를 쓴다.

법률과 풍습에 의하여 인위적으로 문명의 한복판에 지옥을 만들고 인간적 숙명으로 신성한 운명을 복잡하게 만드는 영원한 사회적 형벌이 존재하는 한, 무산계급에 의한 남성의 추락, 기아에 의한 여성의 타락, 암흑에 의한 어린이의 위축, 이 시대의 이 세 가지 문제가 해결되지 않는 한, 어떤 계급에 사회적 질식이 가능한 한, 다시 말하자면, 그리고 더욱 넓은 견지에서 말하자면, 지상에 무지와 빈곤이 존재하는 한, 이 책 같은 종류의 책들도 무익하지는 않으리라.

빅토르 위고, 《레 미제라블》

《레 미제라블》은 위고가 35년간 마음에 품고 장장 17년에 걸쳐 집필한 대작이다. 〈레 미제르〉로 쓰기 시작한 뒤 방치했던 15년 동안 위고는 정계에 진출했고, 민주주의자가 되어 혁명을 이끌었고, 혁명이 실패하자 영국령의 섬으로 유배를 갔고, 그리고 유배지에서 작품을 완성했다. 처음에는 '비참함'이란 뜻의 '레 미제르Les Misères'라는 제목이었지만 나중에 '불행한 사람들' '가난한 사람들'이라는 뜻의 '레 미제라블Les Misérables'로 바꾸었다. 한국에서는 《레 미제라블》의 주인공 이름인 '장 발장'을 제목으로 한 청소년 요약본이 유명하여 소설을 읽지 않은 사람조차도 그 이름을 기억할 정도다.

1815년 10월 초순, 해가 지기 한 시간쯤 전에 걸어서 길을 가던 한 사나이가 소도시 디뉴로 들어오고 있었다. 때마침 이 집 저 집에서 창이나 문 앞에 더러 나와 있던 사람들은 불안한 눈빛으로 나그네를 바라보았다. 이보다 더 초라한 모양을 한 행인은 좀처럼 볼 수 없었다. 그는 중키에 뚱뚱하고 실팍진 한창때의 사나이였다. 나이는 마흔여섯에서 마흔여덟쯤 되었으리라.

빅토르 위고, 《레 미제라블》

세계소설사에서 《레 미제라블》뿐만 아니라 《파리의 노트르담》으로도 이름을 날린 위고는 프랑스 동부 프랑슈 콩테 지방의 주도州都

브장송 출신으로 프랑스 낭만주의를 대표하는 시인이자 극작가이
다. 브장송은 문학가들에게 스탕달의 《적과 흑》의 무대로 각인되
어 있고, 음악가들에게는 국제지휘콩쿠르가 열리는 음악도시로 알
려져 있다. 그뿐만 아니라 영화인들에게는 뤼미에르 형제가 태어
난 영화의 산실로, 또 근처 오르낭에서 태어난 화가 귀스타브 쿠르
베가 학창생활을 한 고장으로 기억되기도 한다. 소설 《적과 흑》의
주인공 줄리앙 소렐이 브장송에 온 이유는 신학교에 입학하기 위
해서이다. 곧 브장송은 예부터 신학의 도시, 동시에 스위스 국경지
대인데다가 두 강이 도시를 에워싸듯이 흐르는 지리적 특성으로
시타델(요새)이 구축된 군사의 도시이다. 위고의 아버지는 나폴레
옹 휘하의 장군 출신으로 위고가 브장송에서 태어난 것은 이와 무
관하지 않다.

> 장 발장의 귀에 "너는 자유다."라는 그 이상한 말이 들렸을 때, 그 순간은 거짓말
> 같고 이상야릇했다. 강렬한 광명의 빛이, 산 사람의 진정한 광명의 빛이 갑자기
> 그의 속에 스며들었다. 그러나 그 빛은 머지않아 희미해졌다. 장 발장은 자유라
> 는 생각에 현혹되었다. 그는 새로운 생애가 열리리라 믿었다. 그러나 그는 곧 노
> 란 통행권이 첨부되는 자유라는 것이 무엇인지를 알게 되었다.
>
> 빅토르 위고, 《레 미제라블》

'법률과 풍습'을 첫 마디로 비장하게 출사표처럼 헌사를 던지고
있는 것에서 짐작할 수 있는 것처럼 소설 《레 미제라블》은 시와 소
설, 신학과 철학, 역사와 정치를 뼛속 깊이 체득한 노작가 위고의

인간과 사회, 법과 종교에 대한 신념이 총 5부에 걸쳐 순차적으로 구현되어 있다. 톰 후퍼가 연출한 뮤지컬 형식의 영화 〈레 미제라블〉(2012)은 소설로 전하지 못하는 현지의 자연과 사람, 마을과 도시, 골목과 광장, 가옥과 수도원의 형태 들을 확인하는 작업이기도 하다. 소설과 영화에서 압권은 센 강 좌우로 거미줄처럼 얽혀 있는 파리의 지하세계, 곧 하수도 탈출 장면이다. 인간 삶의 양태를 정밀하게 관찰하고 대변하는 장르가 소설인 만큼 원작의 이 대목은 의미심장하게 따로 찾아볼 정도로 놀라운 지식과 정보를 제공한다.

> 파리의 하수구는 중세에는 전설적인 존재였다.
>
> (중략) 꾸불꾸불하고, 터지고, 포석이 제거되고, 금이 가고, 웅덩이들로 끊기고, 이상한 굴곡부들로 흔들리고, (중략) 사방으로 갈라진 하수도관들, 구덩이들의 교차, 지관, 오리발 모양, 대호對壕 속 같은 방사형 배수관, 맹장, 막다른 골목, 초석硝石으로 덮인 홍예 천장, 더러운 웅덩이, 벽 위의 수포진水疱疹 같은 유출물,
>
> (중략) 파리 하수도의 굴착은 작은 일이 아니었다. 지난 10세기 동안에 파리 시를 완성시키지 못한 것과 마찬가지로, 그동안에 파리의 하수도 완성시키지 못했다. 사실, 하수도는 파리 성장의 모든 여파를 받는다.
>
> 빅토르 위고, 《레 미제라블》

소설의 제5부, 〈장 발장〉에서 장 발장이 부상당한 마리우스를 떠메고 미로 같은 파리의 하수도를 통해 도주하는 장면은 매우 스펙터클하다. 위고는 장 발장의 행로를 실감나게 전하기 위해 파리의

명물인 하수도를 파헤치는데, '파리 하수구 연구'로 불릴 만큼 분
량이 방대하고, 묘사는 정교하고 집요하다. 이러한 공간 탐구는 인
물의 역동적이고 불가사의한 행동에 개연성을 부여한다. 19세기
소설가들의 특장이라고 할 수 있는 이러한 구체적인 공간 창조는
영화의 카메라 워크, 곧 장면scene 개념에 속한다. 하수도의 역사와
변천을 숙지하고 머릿속에 훤히 꿰뚫고 있는 독자들은 인물의 활
약은 물론, 역동적인 변화에 따른 문장의 참의미와 묘미를 감상할
수 있다.

> 장 발장이 있었던 것이 파리의 하수도 속이다.
> 파리와 바다의 유사점은 더 있다. 대양에서처럼, 잠수부는 거기에서 사라질 수
> 있다.
> (중략) 도시의 바로 한복판에서, 장 발장은 도시에서 나갔고, 눈 깜박할 사이에,
> 뚜껑 하나를 들어 올렸다가 그것을 다시 닫는 시간에, 그는 대낮에서 완전한 어
> 둠으로, 정오에서 자정으로, 소란에서 정숙으로, 천둥의 회오리바람에서 무덤의
> 정체로, 그리고 폴롱소 거리의 급변보다도 훨씬 더 놀라운 급변에 의해, 가장 극
> 심한 위험에서 가장 절대적인 안전으로 이동했다.
>
> 빅토르 위고, 《레 미제라블》

오노레 드 발자크를 비롯하여 스탕달, 빅토르 위고, 귀스타브 플
로베르 등 19세기 소설의 세기를 연 프랑스의 소설가들은 거대한
일상 연구를 바탕으로 정치와 역사, 철학과 종교의 몫을 문학(예술)
적으로 실천한 작가들이다. 《레 미제라블》은 굶주린 조카를 위해

빵 한 조각을 훔친 어느 죄수가 19년 감옥살이 후 어떤 삶을 살았는가를 추석한다. 여기서 작가의 관심은 한 인간이 죄를 짓는 과정과 그 죄에 의해 달라지는 삶의 내용, 그리고 그 죄를 관장하는 법과 법의 추동체인 사회 및 국가 권력의 실체에 있다. 죄를 지은 이유나 그 죄의 무게에 상관없이 죄를 지은 사람의 행로에 초점이 맞춰져 있는데, 작가가 의도한 것은 한순간의 실수로 인해 시시포스처럼 속죄의 천형을 짊어지게 된 장 발장이라는 사내의 성자적 행로이다.

소설과 달리 영화에서는 크고 작은 사건들이 펼쳐지는 다양한 현장에서 낯익은 예술적 장면들을 목격할 수 있다. 앞에서 언급한 들라크루아의 걸작 《민중을 이끄는 자유의 여신》을 배우들이 재현한 장면으로 보는 즐거움이 대표적이다. 나부끼는 삼색기를 높이 든 자유의 여신을 따르는 민중들의 메아리가 귓전에 울리는 듯하다. 보다 나은 세상으로 진화하기 위해 투신했던 이들은 다 어디로 갔을까. 위고가 17년에 걸쳐 완성한 대하소설 《레 미제라블》의 마지막 장면, 대미大尾가 궁금하다. 페르라세즈 묘지, 이름 없는 묘석에 누군가 연필로 적어놓은, 비와 먼지로 지워질 사행시四行詩가 얹혀져 있다.

그는 자고 있네. 그의 운명은 아주 기구했건만,

그는 살고 있었네. 그의 천사가 없어지자 그는 죽었네.

그것은 그저 올 것이 저절로 온 것.

마치 해가 지면 밤이 되듯이.

빅토르 위고, 《레 미제라블》

빅토르 위고, 《레 미제라블》(전 5권), 정기수 옮김, 민음사, 2012

결혼의 역설,
어느 부부의 연대기

제임스 설터, 《가벼운 나날》

미국, 뉴욕, 맨해튼.
브로드웨이에 자리 잡고 있는 랜덤하우스.

인생의 이러저러한 사건과 순간이 소설로 빚어지려면,

여러 갈래의 형상들이 하나의 주제 아래 수렴되는 중에

작가만의 고유한 표현력, 곧 문장력이 결정적으로 작용해야 한다.

맨해튼 42번가 타임스퀘어 광장 뒤쪽으로 브로드웨이를 걸어가다 문득 고개를 들어보면 끝이 까마득한 고층건물이 창공에 치솟아 있다. 맨해튼 거리를 걸을 때면 인간이 개미처럼 작고 하찮은 존재라는 것을 깨닫는 순간들이 있다. 바로 비현실적으로 내 머리 위에 군림하고 있는 막강한 고층 건물들의 존재를 인식할 때이다. 이 마천루의 어느 한 건물이 출판사 사옥이라면 어떤 기분이 들까. 세계 금융의 중심지인 월 스트리트처럼, 이곳의 대형 출판사는 세계 출판시장을 겨냥하고 있다는 것을 환기해볼 필요가 있다.

한두 달 짧게 뉴욕에 체류할 때면 온종일 표류하듯 맨해튼 거리 산책을 하곤 하는데, 산책의 묘미 중 하나가 목적하지 않았던 건물에 불쑥 들어가보는 것이다. 그중 즐겁게 회전문을 밀고 들어갔다 나오는 곳이 바로 브로드웨이의 랜덤하우스이다. 대리석 벽에 높은 천장, 널찍한 1층 로비 한가운데에 전시된 둥근 유리 진열대, 좌우 벽을 장식하고 있는 서가, 그리고 표지 전면이 보이도록 배치해 놓은 고전들 또는 신간들……. 둥근 유리 진열대에는 줄리언 반스의 소설《예감은 틀리지 않는다》가 전시되어 있고, 왼편 벽의 서가에서 헨리 제임스의 소설《아메리칸》이 제왕처럼 내려다보고 있다. 천장 가까이 꽂혀 있는 책들의 등을 하나하나 거쳐 가다 보면 보석처럼 번쩍 눈에 띄는 것이 있는데 바로 제임스 설터의 이름이다. 그러고 보니 두어 달 전, 파리 센 강변의 오래된 영국 서점인 '셰익스피어앤컴퍼니'에서 제임스 조이스의《더블린 사람들》옆에 당당히 자리 잡고 있던 제임스 설터의《어젯밤》이 떠오른다. 나는 습관적으로 조이스의 소설을 집어 들었다가 내려놓고 그 대신 설터의 소설을 반갑게 펼쳐보았었다.

완전한 삶이란 없다. 그 조각만 있을 뿐. 우리는 아무것도 가질 수 없는 존재로 태어났다. 모든 것이 손가락 사이로 빠져나간다. 그런데 빠져나갈 이 모든 것들, 만남과 몸부림과 꿈은 계속 퍼붓고 흘러넘친다……. 우리는 거북이처럼 생각을 없애야 한다. 결의가 굳고 눈이 멀어야 한다. 무엇을 하건, 무엇을 하지 않건 그 반대는 하지 못한다. 행동은 그 대안을 파괴한다. 이것이 인생의 역설이다. 그래서 인생은 선택의 문제이고, 선택 자체가 중요한 게 아니라 되돌릴 수 없을 뿐이다. 바다에 돌을 떨어뜨리는 것처럼.

제임스 설터, 《가벼운 나날》

제임스 설터는 랜덤하우스의 명편집자 조지프 폭스가 죽을 때까지 옹호하던 작가이다. 작가와 편집자는 운명적인 관계이다. 일정 수준에 오른 작가를 예로 들면, 그 작가가 어느 출판사의 어떤 편집자를 만나느냐에 따라 사정은 달라진다. 편집자들은 작가를 발굴하고 세계로 나갈 수 있는 통로를 만들어준다. 세상에는 셀 수 없이 많은 작가가 있는데, 모두 편집자의 열렬한 지원을 받는 것은 아니다. 설터가 랜덤하우스의 명편집자 조지프 폭스를 사로잡은 것은, 위의 인용에서 보듯 오랜 통찰력에서 나오는 아포리즘을 거느린 투명하면서도 절제된 문장들이다. 그의 소설은 또한 매 단락이 새로 시작되는 짧은 연극, 또는 옴니버스 단편 영화를 보고 있는 듯한 현장감을 주는 것이 특징이다. 소설은 생동감에서 그치지 않고, 그 순간을 서사화해서 독자의 의식 깊이 찔러 넣어주어야 한다. 설터는 연극 또는 영화의 미장센mise en scène(작가가 연극이나 영화에 부여하는 시각적인 요소, 통칭 '연출')과 소설의 서사 미학을 완벽하게 구현하고 있는 드문 작가 중의 하나라고 할 수 있다. 이때 서사 미학을 창조하는 동력은 바로 현실을 꿰뚫은 시적인 문장 또는 철학적 사유로 빚어낸 아포리즘적 문장에 있다.

공유한 것은 행복뿐이라는 듯, 그들은 다음 날을 계획했다. 이 평온한 시간, 이 안락한 공간, 이 죽음. 실제로 여기에 있는 모든 것들, 접시와 물건들, 조리 기구와 그릇들은 모든 부재하는 것의 삽화였다. 과거로부터 밀려온 조각들이고 사라져 버린 몸체의 파편들이었다.

제임스 설터, 《가벼운 나날》

《가벼운 나날》은 한국에 소개되는 설터의 두 번째 작품으로 미국현대소설사의 반열에 그의 이름을 올린 대표작이다. 2010년 한국에 처음 소개된 단편집 《어젯밤》이 '뉴욕을 무대로 살아가는 중산층 부부의 성적 욕망과 균열'을 그렸다면, 《가벼운 나날》은 장편의 흐름으로 맨해튼의 건축사인 비리 벌랜드와 그의 아름다운 아내 네드라 벌랜드의 30년에 걸친 결혼 생활을 연대기적으로 보여준다. 연대기는 1950년대 후반, 맨해튼의 허드슨 강 건너 사는 미국의 20대 젊은 부부의 삶의 풍경과 그들의 속물적 지향성을 스케치하면서 시작된다.

1월이었다. 추운 날, 그녀는 시내에 일찍 나왔다. 보도는 얼어붙었고 비둘기들은 'FURNITURE'라고 쓰인 간판의 R자 위에서 몸을 웅크렸다. 뉴욕은 소유물의 대성당이었다. 그 냄새조차 꿈이었다. 이 도시에선 거부당한 사람들조차 떠나지 못했다.

(중략) 그녀는 미술관에 가고, 남편의 사무실에 들르고, 렉싱턴 애버뉴에 있는 숍에 갔다. (중략) 레스토랑에 들어가 앉았다. 외투를 벗었다. (중략) 테이블에 혼자 있는 남자들이 그녀를 쳐다봤다.

(중략) 그녀는 컬럼비아대학을 지나고 있었다. 차는 막혔지만 그래도 움직였다.

(중략) 강을 건널 때쯤 나무들은 까매졌다. 그녀는 좌측 차선만 타고 제한 속도를 초과하면서 혼자 달렸다. 피곤했지만 계획들을 생각하면 행복했다.

제임스 설터, 《가벼운 나날》

설터가 묘파해낸 30년에 걸친 이 드라마의 핵심은 부부 관계 속에 도사리고 있는 욕망의 랩소디이다. 즉, 두 명의 개체, 타인이 만나 하나의 공동체를 형성하고 지속해나가는 중에 끊임없이 발생하는 외도外道의 욕망이 다채로운 파고를 이루며 펼쳐진다. 처녀림의 호수처럼 맑고 잔잔하고 고요하던 두 사람의 마음에 파문이 일고, 번지고, 흔들리는 가운데 부부의 삶은 진부해지고, 인생은 각자의 종착지를 향해 흘러간다.

네드라가 그의 옆, 자기 자리에 누웠다. 그는 조용히 누워 있었지만 눈은 감을 수가 없었다. 그녀의 존재는 가정의 신성함과 질서의 마지막 징표였다. 훌륭한 지휘관이 제일 늦게 잠드는 것과 같았다. 집은 조용했고 창문은 어두웠다. 딸들은 침대에 누웠다. 그의 가까이 어디엔가 있는 네드라의 손가락에는 결혼 금반지가 끼워져 있었다.

(중략) 그들은 어둠 속에 나란히 누워 있었다. 방 뒤쪽 어디엔가 있는 책상의 서랍 속에는 잡지와 신문에서 글귀를 오려 붙여서 쓴 편지가 들어 있었다. 유머와 열정이 담긴 연애편지였다. 그들이 결혼하기 전 비리가 조지아 주에서 군대에 있으면서 혼자 힘들어할 때 쓴, 유명한 편지였다.

제임스 설터, 《가벼운 나날》

이 대목은 소설의 중심인물 중 하나인 비리가 첫 외도를 한 뒤 돌아와 잠자리에 드는 장면이다. 그는 세인의 시선을 끌 정도로 아름다운 아내 네드라를 사랑하고 아이들에게 충실하지만 그것이 전부는 아니다. 그것은 네드라도 마찬가지이다. 둘은 한 가정의 구성원으로서의 남편과 아내의 임무를 성실히 수행하면서도 남자와 여자라는 개체로서의 욕망도 좇는 이중의 삶을 이어간다. 설터는 이러한 결혼 상태의 남녀에게 생성되는 미세한 감정과 파국에 이르는 다채로운 감정선의 향방을 핀셋으로 집어내듯이 예리하게 서사화하는데 그 장면에 조금 더 머물러 있고 싶을 만큼 문장이 유려하다.

그는 마흔일곱이었다. 로마의 햇빛 아래 서니 머리엔 숱이 없었다. 그는 유럽의 도시 속에 파묻혀 있었다. 비둘기가 어느 구석에나 모여 있고, 성자들의 무릎 위에 잠들어 있었다. 그는 가판대에 〈뉴욕 트리뷴〉이 도착하기를 기다리고 혼자서 식사를 하는 남자였다. 창에 비친, 햇빛을 받은 자신의 얼굴을 보고 그는 충격을 받았다. 그건 고대 정치가의, 연금 수령자의 얼굴이었다. 주름살은 잉크처럼 까맸다. 늙었다고 무시하지 말길, 그는 빌었다.

제임스 설터, 《가벼운 나날》

인생의 이러저러한 사건과 순간이 소설로 빚어지려면, 여러 갈래의 형상들이 하나의 주제 아래 수렴되는 중에 작가만의 고유한 표현력, 곧 문장력이 결정적으로 작용해야 한다. 설터의 소설을 읽다 보면 그 사실이 명료해진다. 1975년에 출간된 설터의 이 소설이 세계 자본 시장의 정글인 맨해튼 한복판에 자리를 잡고 있는 이유가 여기에 있다. 결국 작가의 생명력이자 소설의 순금 부분은 피할 수 없는, 또는 참을 수 없는 순간을 전달하는 문장의 힘에 있다. 훌쩍 일상을 벗어나 하루 이틀 자신의 지나온 날들, 또는 앞으로 다가올 날들로 새로워지고 싶다면, 설터의 《가벼운 나날》을 권한다.

숲은 숨을 쉬는 듯했다. 마치 그를 알아보고 숲의 일부로 받아들이는 듯했다. 그는 변화를 느꼈다. 깊게 감사하듯 감동을 느꼈다. 피가 머리를 빠져나와 온몸에 돌았다.

제임스 설터, 《가벼운 나날》

제임스 설터, 《가벼운 나날》, 박상미 옮김, 마음산책, 2013

스마트폰으로 읽는
첫사랑 신화

F. 스콧 피츠제럴드, 〈비행기를 갈아타기 전 세 시간〉

미국, 뉴욕, 맨해튼.
록펠러 센터에 있는 전망대 '탑 오브 더 록Top of the Rock'에서 바라본 맨해튼 전경.

누구나 가슴 한편에는 첫사랑이 자리 잡고 있기 마련이다.

세월이 흐른 뒤, 첫사랑이 지척에 있으면 만날 것인가.

2013년 5월 24일 오후 1시. 맨해튼 34번가의 AMC 상영관으로 며칠 전 개봉한 영화 〈위대한 개츠비〉를 보러 가는 길, 집을 나와 몇 걸음 걷지 않았는데 천둥번개가 치고 폭우가 쏟아졌다. 삽시간에 도로에 물이 고이더니 쿨렁거렸고, 나는 뉴욕 타임스 사옥 처마 밑에서 비가 그치기를 기다리고 서 있었다. 허드슨 강 건넛마을에서 버스를 타고 링컨 터널을 통과해 맨해튼으로 진입하는 동안 읽었던 짧은 소설의 한 장면이 뿌옇게 시야를 흐리는 거센 빗줄기 사이로 떠올랐다.

> 비행기가 착륙하자 그는 중서부의 한여름 밤 속으로 걸어 나와 낡고 붉은 '철도역'처럼 판에 박은 듯한 푸에블로 인디언 집 같은 공항 건물로 향했다. 그녀가 살아 있는지, 아직도 이 읍에 살고 있는지, 또는 그녀의 이름이 어떻게 달라져 있는지 도무지 알 수 없었다. 점점 흥분이 달아오르는 것을 느끼며 그는 전화번호부에서 (중략) 이름을 찾아보았다.
>
> F. 스콧 피츠제럴드, 〈비행기를 갈아타기 전 세 시간〉

나는 왜 거기, 쏟아지는 빗줄기를 바라보며 속절없이 서 있었을까. 내 머리 위, 거대하게 치솟은 빌딩은 뉴욕 타임스 사옥이었고, 나는 전 세계적으로 화제를 모으고 있는 〈위대한 개츠비〉를 보러 가는 중이었다. 불과 일주일 전까지만 해도 나는 파리 시내 곳곳에서 레오나르도 디카프리오가 분扮한 개츠비와 마주치고는 했다. 부지불식중에 개츠비는 파리에서보다는 뉴욕에서 보아야 제격이라고 생각하기에 이르렀다. 나는 소설을 영화화한 작품은 대부분 시간을 내어 개봉관에서 보아온 터였다. 버지니아 울프의 《댈러웨이 부인》이나 귀스타브 플로베르의 《마담 보바리》, 베른하르트 슐링크의 《책 읽어주는 남자》, 토마스 만의 《베네치아에서의 죽음》, F. 스콧 피츠제럴드의 《위대한 개츠비》는 소장하며 가끔 꺼내보곤 했다.

특히 《위대한 개츠비》에 대해서는 몇 년 전 글을 쓴 적이 있었다. 그 글의 지향점은 주식과 밀주 매매로 벼락부자가 된 개츠비라는 사내의 이름에 왜 '위대한'이라는 수식어가 붙는가에 있었다. 작가의 의도와는 상관없이 독자가 부여하고, 나아가 간직하고 싶어 하는 것이 있는데, 대부분 첫사랑의 신화가 그러하다. 이 작품을 쓸 당시 피츠제럴드가 롱아일랜드의 '그레이트 네크'에 정착했다는 사실까지 독자가 알 수는 없다. 더욱이 작가는 한때 《위대한 개츠비》의 제목을 '황금모자를 쓴 개츠비' 또는 '높이 뛰어오르는 연인'으로 붙일 생각을 했다는 후일담까지 일반 독자가 알 수는 없다. 그래서 독자는 황금 소나기를 맞은 기막히게 운 좋은 사내 개츠비의 모든 것이 오직 데이지라는 한 여인만을 향하고 있는 데에서 '위대함'을 찾기도 한다. 사실, 《위대한 개츠비》는 세계소설사에서 첫사랑을 다룬 수많은 작품들 가운데 단연 손꼽히는 소설이다. 이런저런 맥락을 짚어보자면, 피츠제럴드의 열렬한 추종자인 무라카미 하루키의 《상실의 시대》의 서사 골격 또한 첫사랑에 대한 후일담인 셈이다. 내가 영화 〈위대한 개츠비〉를 보기 위해 맨해튼으로 향하는 버스 안에서 읽은 〈비행기를 갈아타기 전 세 시간〉 역시 첫사랑에 대한 소설이다.

굽은 차도 끝에 검은 머리에 몸집이 작은 미녀 한 사람이 손에 술잔을 들고 서 있었다. 마침내 그녀의 모습이 나타나자 놀란 도널드는 택시에서 내리며 말을 걸었다.

"기포드 부인인가요?"

그녀는 현관의 불을 켜고 눈을 크게 뜨며 주저하듯 그를 쳐다보았다. 의아스러운 표정을 짓던 얼굴에 갑자기 미소가 떠올랐다.

"도널드…… 바로 너로군……. 우린 너무 변했어. 아, 정말 믿어지지가 않아!"

집 안으로 걸어 들어가면서 그들은 "그동안 지나가 버린 세월." 하며 유쾌한 목소리로 말했고, 도널드는 가슴이 가라앉는 것을 느꼈다.

F. 스콧 피츠제럴드, 〈비행기를 갈아타기 전 세 시간〉

누구나 가슴 한편에는 첫사랑이 자리 잡고 있기 마련이다. 세월이 흐른 뒤, 첫사랑이 지척에 있으면 만날 것인가. 대개 두 가지 상반된 감정을 경험한다. 만나보고 싶은 호기심과 만난 후의 실망감이 두려워 그대로 묻어두려는 마음. 〈비행기를 갈아타기 전 세 시간〉은 제목에 명시되어 있는 대로, 화자인 도널드 플랜트라는 서른두 살의 사내가 경유지이자 고향인 미 중서부의 한 마을에 살고 있는 첫사랑 낸시 홈스를 20년 만에 집으로 찾아가 만나고 헤어지는 세 시간 동안의 이야기이다. 흥미로운 것은 《위대한 개츠비》가 경장편의 분량으로 집요하게 첫사랑의 내막과 첫사랑과의 재회를 전하고 있다면, 단편 〈비행기를 갈아타기 전 세 시간〉은 저마다 가슴 한편에 간직한 첫사랑의 실체와 허상을 마치 시트콤을 보듯 속도감 있게 그리고 있는 것이다.

오 분쯤 앉아 있는 동안 도널드는 두 가지 생각을 했다. 첫 번째 생각은, 똑같은 사건을 두고 서로 다른 사람이 기억해 내는 것을 절충하기란 불가능하다는 것이었고 두 번째 생각은, 놀랍게도 낸시가 어렸을 때 자신의 마음을 움직였던 것처럼 지금도 여자로서 자신을 움직이고 있다는 사실이었다. 그 삼십 분 동안 그는 아내와 사별한 뒤 느끼지 못했던 감정을, 두 번 다시 느끼고 싶지 않았던 바로 그런 감정을 느꼈던 것이다.

F. 스콧 피츠제럴드, 〈비행기를 갈아타기 전 세 시간〉

〈비행기를 갈아타기 전 세 시간〉은 20세기 초 단편소설 양식을 이끌었던 캐서린 맨스필드의 〈가든파티〉나 〈행복〉, 제임스 조이스의 《더블린 사람들》이 구현하고 있는 '에피파니epiphany'의 법칙을 따르고 있다. 에피파니 즉 현현顯現은 갑자기 닥친 어떤 사태나 사안이 잠깐의 혼란을 통과하면서, 또는 견디면서 명료해지는 효과라고 할 수 있다. 20년 전, 열 살 때에 처음 느꼈던 사랑의 대상을 찾아 확인하는 과정은 누구나 짐작할 수 있는 평범한 이야기이다. 이것이 소설이 되기 위해서는 '에피파니'를 장치해야 하는데, 피츠제럴드가 고안한 것은 한 사건에 대한 두 사람의 어긋난 기억이다. 아이러니 또는 반전이 창출되는 지점이다. 여기 낸시라는 열 살짜리 여자애가 있다. 두 명의 도널드라는 이름의 사내아이가 동시에 이 여자애를 좋아했고, 이 여자애는 이 두 사내아이 중 한 명을 좋아했다. 사내아이들의 이름은 각각 도널드 플랜트와 도널드 바워스이다. 두 도널드는 낸시에게 키스했다. 20년 후 도널드 플랜트는 비행기를 갈아타기 세 시간 전에 낸시 홈스와 서로 기억을 맞춰가던 중, 서로가 생각하는 대상이 같지 않다는 것을 깨닫게 된다.

"기억해. 너도 기억한다고……. 하지만 그건 아주 오래전의 일이잖아." 그녀의 목소리가 다시 한 번 굳어졌다.

(중략) 공항으로 돌아오는 길에 도널드는 고개를 이리저리 흔들었다. 이제는 완전히 원래의 자신으로 돌아와 있었지만, 그 경험의 의미를 되씹어 볼 수 없었다. 비행기가 굉음을 내며 어두운 밤하늘로 높이 올라가고……

(중략) 도널드는 비행기를 갈아타는 시간 동안 많은 것을 잃어버렸다. 그러나 인생의 후반부란 여러 가지를 잃어가는 기나긴 과정인 탓에 이번의 경험도 어쩌면 그렇게 중요한 것이 아닌지도 모른다.

F. 스콧 피츠제럴드, 〈비행기를 갈아타기 전 세 시간〉

영화 〈위대한 개츠비〉를 보기 위해 외출 준비를 하면서 나는 최근 '싱글에디션'으로 '출시'된 F. 스콧 피츠제럴드의 단편소설 두 편 〈비행기를 갈아타기 전 세 시간〉과 〈벤저민 버튼의 기이한 사건〉을 스마트폰에 저장했다. 최근 들어, 음악 시장의 싱글 앨범처럼 각 개별 작품이 전자책으로 출시되고 있고 그중 이 두 작품을 선택한 것이다. 여러 날 그리고 수시로 국외의 이 도시 저 도시로 이동 중인 현재의 나에게는 매우 유익하고 편리한 독서 시스템이다. 단편소설 한 편을 읽는 데 소요되는 시간은 평균 30분 내외. 독자는 30분 안에 어느 시기 한 사람의 생을 통과하는 사건을 경험하게 된다. 〈비행기를 갈아타기 전 세 시간〉은 첫사랑을 둘러싼 인간의 기억에 관한 에피소드이고, 〈벤저민 버튼의 기이한 사건〉은 인간에게 주어진 생의 흐름을 모래시계 뒤집듯 거꾸로 놓음으로써 일상의 규칙을 낯설게 전복시키는 시간에 대한 에피소드이다.

비가 그치자, 이방인들이 봇물 터지듯 거리로 쏟아져 나왔다. 영화가 시작되려면 한 시간이 남았고, 나는 밖이 잘 보이는 영화관 유리창가에 앉아 누군가에게서 온 메시지를 읽듯 스마트폰을 열어 피츠제럴드의 문장들을 읽었다. 개츠비, 아니 벤저민의 마지막 순간이 이방인들 틈에서 은밀하게 공명을 일으키고 있었다.

아이다운 그의 잠에 괴로운 기억이라고는 없었다.

(중략) 낮과 밤이 흐르고 숨을 쉬었다. 그 위로 그의 귀에 간신히 들리는 웅얼거림과 간신히 식별되는 냄새와 빛과 어둠이 있었다.

모든 것이 어두워졌고 그가 누운 하얀 아기 침대와 위에서 움직이던 희미한 얼굴들, 따뜻하고 달콤한 우유향이 그의 뇌리에서 모두 사라져 버렸다.

F. 스콧 피츠제럴드, 〈벤저민 버튼의 기이한 사건〉

F. 스콧 피츠제럴드, 〈벤저민 버튼의 기이한 사건〉(싱글에디션1),
한은경 옮김, 민음사, 2013
F. 스콧 피츠제럴드, 〈비행기를 갈아타기 전 세 시간〉(싱글에디션3),
김욱동 옮김, 민음사, 2013

파리에서
플로베르 스타일을 만나다

귀스타브 플로베르, 《감정 교육》

프랑스, 파리1구, 생토노레 거리.
파리 거리와 건축물의 특징인 아케이드 미학이 돋보이는 파리의 상류층 지역 중 하나이다.
최고급 리츠칼튼 호텔과 세계적인 명품 숍들이 에워싸고 있는 방돔 광장의 옆길.

첫사랑 '그녀'를 소설에 어떻게 등장시킬 것인가.

모든 사랑 이야기의 첫 장면을 훔쳐보는 일이란

소설 읽기의 즐거움 중 최고의 미덕일 것이다.

프랑스 북부 노르망디의 해안도시 트루빌은 지난해 여름 열흘간의 프랑스 순례 중 마지막 행로의 출발지였다. 도빌과 트루빌을 여정에 넣은 것은 그곳이 영화제의 도시이자 실제로 클로드 를루슈 감독의 영화 〈남과 여〉의 무대이기도 하지만, 그보다 더 의미심장한 이유는 귀스타브 플로베르의 족적이 뚜렷이 찍혀 있는 곳이기 때문이었다. 플로베르의 족적이란, 곧 그의 소설 현장이고 소설 주인공들의 동선과 무관하지 않다. 도빌과 트루빌은 한 나무에서 자란 줄기처럼 나란히 바다를 향해 있다. 또 트루빌 인근에는 퐁 레베크와 아름다운 포구마을 옹플뢰르가 위치해 있다. 옹플뢰르에서 한때 세계에서 가장 긴 사장교斜張橋로 유명했던 노르망디 대교를 건너면 노르망디 상륙작전의 모항母港이자 최근 동명의 영화로 한국에도 알려진 '르 아브르'가 나온다. 플로베르의 걸작 중편 〈단순한 마음〉에 별처럼 박혀 있는 지명들은 파리에서 노르망디 평원을 거쳐 북대서양으로 흘러가는 센 강 하구 쪽에 모여 있다.

트루빌에 도착하려면 삼십 분을 더 가야 했다. 일행 중 몇 명이 에코르 절벽에 들렀다 가기 위해 내렸다. 절벽에서는 발밑으로 배를 내려다볼 수 있었다. (중략) 모두들 왼쪽으로는 도빌, 오른쪽으로는 르 아브르, 그리고 정면으로 바다가 펼쳐져 있는 곳에서 매번 휴식을 하곤 했다. 햇살에 반사되는 거울처럼 바다는 반들거렸고, 출렁이는 물결소리가 들리지 않을 만큼 고요했다.

귀스타브 플로베르, 〈단순한 마음Un coeur simple〉

기 드 모파상을 비롯하여 아니 에르노, 파스칼 키냐르 등 걸출한 작가들의 출생지인 이유도 있지만 노르망디 지역이 현대소설사에서 성좌를 이룬 건 플로베르라는 거목의 영향일 것이다. 루앙 근처의 '리'라는 작은 마을에서 실제 일어난 가정비극사건을 소재로 창작된 《마담 보바리》는 문외한의 눈으로 보면 통속소설 그 이상도 그 이하도 아닌 것처럼 보이지만, 세계소설사를 플로베르 이전과 이후로 나눌 정도로 획기적인 작품이다. 예민하고 지적이며 허영심이 강한 엠마라는 여인의 욕망과 환상의 비극으로 요약되는 이 소설에서 '보바리즘Bovarysme'이라는 신조어가 탄생했고, 이 보바리즘은 '욕망의 화신', 곧 '현대인의 초상'을 설명할 때 필수적으로 참고가 되어왔다. 《마담 보바리》의 대성공 이후 플로베르는 사랑을 기저로 한 회심의 역사 장편에 돌입하는데, 이름하여 《감정 교육》이다.

마침내 배가 출발했다.

(중략) 갓 대학입학 자격시험에 합격한 프레데릭 모로는 노장 쉬르 센으로 돌아가는 중이었다. 법학 공부를 하러 떠나기 전까지 그는 그곳에서 두 달 동안 지내기로 되어 있었다. 그의 어머니는 여정에 딱 필요한 돈만 주며 행여 유산 상속이라도 받을 수 있을까 하는 희망에 그를 르아브르에 있는 백부에게 보냈고, 그는 겨우 전날에야 그곳에서 돌아온 터였다. 그래서 가장 먼 길을 돌아 고향으로 돌아가는 것으로 수도에 머물 수 없었던 아쉬움을 달랬다.

귀스타브 플로베르, 《감정 교육》

주인공 프레데릭 모로는 플로베르 소설의 여느 주인공들처럼 노르망디 출신이다. 그의 고향 트루빌은 실제 플로베르가 열네 살 때 방학을 맞아 가족과 함께 갔다가 열 살 연상의 유부녀 엘리자 슐레 징거를 처음 만났던 곳. 플로베르는 루앙의 크루아세라는 센 강가의 한적한 별채에 평생 은거하며 소설에 몰두했는데, 몇몇 노르망디의 고장들 중에서도 트루빌을 끔찍하게 사랑했다. 트루빌 해안가 포구에 있는 플로베르의 멋진 동상에는 이렇게 새겨져 있을 정도이다. "그(플로베르)가 지닌 감상적인 정서와 너무나 생생한 미학은 트루빌 사람들의 것이었다."

트루빌 옆 동네 도빌의 롱샹 경마장 맞은편 언덕에는 훗날 시에 기증한 플로베르 가문의 별장이 있는데, 그곳은 루앙의 명문가 플로베르의 가족이 바캉스 때면 머무는 곳이었다. 소년 플로베르는 그곳에서 누군가의 아내이자 갓난아이의 엄마인 20대 중반의 매혹적인 여인 엘리자 슐레징거를 보았고, 그때까지 경험하지 못했던 기묘한 감정에 사로잡혔다. 소년 플로베르가 여인의 아름다움에 처음 눈뜨는 순간이었다. 이후 플로베르는 평생 독신으로 살며 많은 여인들에게 불규칙적으로 열정을 바쳤는데, 마지막까지 편지로 우정과 연정을 나눈 루이즈 콜레 부인에게 토로한 바에 의하면 그에게 첫사랑이자 영원한 사랑은 트루빌에서 만난 엘리자 슐레 징거뿐이었다. 열네 살 소년 플로베르의 혼을 앗아간 이 여인은 그로부터 30년 후인 1864년 소설의 주인공으로 호출되어, 작가가 마흔일곱 살이던 1869년, 세상에 모습을 드러내게 된다. 이제 막 파리의 법대에 입학한 프레데릭 모로가 고향으로 돌아가는 배에서 마주친 여인의 모습으로!

마치 유령인 듯싶었다.

　그녀는 긴 의자 한가운데에 홀로 앉아 있었다. 그게 아니라면 그를 향한 그녀의 시선에 눈이 부셔, 그가 다른 사람은 전혀 보지 못했던 것이든지. 그가 스쳐 지나가는 것과 동시에 그녀가 고개를 들었고, 그는 자신도 모르게 어깨를 움찔했다.

　(중략) 그녀는 바람에 나풀거리는 분홍색 리본이 달린 커다란 밀짚모자를 뒤로 넘겨 쓰고 있었다. 모자의 검은색 끈은 그녀의 긴 눈썹 끝을 감돌아 아주 낮게 드리워지며 갸름한 그녀의 얼굴을 다정하게 누르는 듯했다. (중략) 그녀는 무언가에 수를 놓는 중이었다. 오똑한 코, 턱, 그녀의 모든 것이 푸른 하늘을 배경으로 뚜렷이 떠올랐다.

　(중략) 그는 그렇게 찬연히 빛나는 갈색 피부, 매혹적인 몸매, 빛이 통과할 듯한 섬세한 손가락을 본 적이 없었다.

귀스타브 플로베르, 《감정 교육》

　첫사랑 '그녀'를 소설에 어떻게 등장시킬 것인가. 모든 사랑 이야기의 첫 장면을 훔쳐보는 일이란 소설 읽기의 즐거움 중 최고의 미덕일 것이다. 열네 살 소년 플로베르를 사로잡았고, 그 소년이 죽을 때까지 마음에 품고 살았던 여인 엘리자 슐레징거, 아니 아르누 부인. 이 순간을 위해 소설이 쓰인 게 아닌가 싶을 정도로 작가도 독자도 숨을 죽이게 된다. 단어 하나, 쉼표 하나 예사롭지 않게 읽어나가지만, 이상하게도 어딘지 낯익은 장면, 낯익은 감정을 느끼게 된다. 누구의 사랑인들 이만한 홀림과 꽂힘, 그리하여 설렘과 황홀의 충격을 받지 않았으랴. 모든 사랑의 첫 만남, 첫 장면은 유사한 환각의 메커니즘을 가지고 있다. 그런데 이토록 자연스럽게 독자의 의식에 들어와 마치 자기의 그것처럼 감쪽같이 느끼게 그리는 것은 아무나 할 수 있는 것이 아니다. 문학사가들은 플로베르가 최초라고들 한다. 그러니까 적절한 순간에 독자가 소설의 주인공이 되도록 극적으로 묘사해나가는 문체야말로 '플로베르 그 자체'라고. 문체, 곧 작가의 이름에 값하는 스타일의 창조!

스타일리스트 플로베르의 《감정 교육》은 아르누 부인이라는 한 여성을 향한 프레데릭 모로의 열렬하고도 헛된 사랑의 역사를 배경으로, 혁명 이후 근대로 접어든 1936년 무렵 혼란한 파리의 풍경을 세밀화로 포착해낸 '플로베르식 고현학考現學'이라고 할 수 있다. 이때 이 소설은 한갓 연애소설이자 역사소설의 범주를 넘어서는데, 고현학적 방법론을 독창성으로 획득한 세계문학사의 천재들, 곧 샤를 피에르 보들레르의 《악의 꽃》이나 제임스 조이스의 《율리시스》와 등가를 이룬다. 노르망디 지방의 작은 마을들을 소설 속에 지난하게 그렸던 플로베르의 눈은 《감정 교육》에서야 비로소 파리로 향한다. 그리고 파리는 플로베르의 정교한 필치로 새로운 장場을 열어 보이게 되는 것이다.

평소에는 시끌벅적하지만 그 기간에는 학생들이 다 가족들의 품으로 돌아갔기 때문에 한적한 라틴구를, 그는 발길 닿는 대로 거슬러 올라갔다. 침묵으로 길게 뻗은 것 같은 학교의 커다란 담들은 더욱더 나른한 모습이었다. 그래서 새장 속의 새가 날개 치는 소리, 선반 기계가 내는 가르릉거리는 소리, 구두 수선공의 망치질 소리, 온갖 평화로운 소리들이 들려왔고, 거리 복판에는 옷장수들이 헛되이 모든 창문을 힐끔거렸다. 손님 없는 카페들 안쪽에는 카운터에 앉은 여주인이 물을 채운 물병들 사이로 하품을 하고 있었고, 열람실 책상 위에는 신문들이 정연하게 놓여 있었다. 세탁소 안에서는 세탁물들이 미지근한 바람의 입김 아래 떨리고 있었다. 이따금 그는, 고서적상이 늘어놓은 책들 앞에서 발걸음을 멈췄다. 승합마차 한 대가 보도 위를 스치듯 달려 내려오는 바람에 그는 돌아섰다. 그리고 뤽상부르 앞에 도달하자, 그는 더 멀리 가지 않고 발걸음을 멈췄다.

귀스타브 플로베르, 《감정 교육》

프레데릭 모로가 걸어가고 멈추고 다시 걷고 돌아서며 바라보는 길들을 따라 파리의 냄새, 파리의 취향, 파리의 현실, 파리의 형상이 되살아난다. 이렇게 보면, 소설이란 별것 아니다. 우리가 보고 겪는 삶의 세부들을 집요하게, 그러면서 스타일을 갖춰 가지런하게 풀어내면 된다. 그것이 소설이라고 조이스는, 또 박태원은, 또 그들의 선조인 보들레르와 플로베르는 《율리시스》로, 《소설가 구보씨의 일일》으로, 또 《악의 꽃》으로, 그리고 《감정 교육》으로 웅변하지 않는가! 만약 파리가 궁금하다면 《감정 교육》의 프레데릭 모로의 행보를 따라볼 일이다. 플로베르 스타일로, 21세기의 플라뇌르flâneur(한가로이 도시를 떠돌듯 걸어 다니기를 좋아하는 산책자)가 되어!

귀스타브 플로베르, 《감정 교육》(전 2권), 김윤진 옮김, 펭귄클래식코리아, 2010
귀스타브 플로베르, 〈단순한 마음Un coeur simple〉, 함정임 옮김

소년,
반쯤 열린 문 안쪽의 세계

김영하, 《너의 목소리가 들려》

쿠바, 아바나.
폐허 속에서도 꽃이 피어나듯, 헐벗고 버려진 골목에서도 소년은 달리고, 성장한다.

김영하의 《너의 목소리가 들려》의 첫대목은 헤어날 길 없이

궁지에 몰린 소년, 소녀의 초상을 카메라로 따라가듯 차갑게 보여준다.

❀   나는 잊지 않고 있다. 《The Boy》라는 화집을
처음 손에 넣었을 때의 기분을. 177개의 컬러 화보를 포함하여 206점
의 도판을 거느린 이 책을 뭐라고 불러야 할까. 이 책이 2004년《보
이─아름다운 소년》이라는 제목으로 번역 출간될 당시, 한국에서
는 '꽃남'들의 시대가 열리고 있었다. 그때까지 한국 사회에서는
소년의 존재, 더 이상 아이는 아니지만 아직 어른도 아닌 남자에
대해 주목하지 못했었다.

소년이란 더이상 아이는 아니지만, 그럼에도 아직 어른은 아닌 남자를 가리킨다.
소년기Boyhood는 길 수도 있다. (중략) 15년 혹은 심지어 20년이 될 수도 있다.
물론 이와 반대로 짧을 수도 있다.
　(중략) 순식간에 지나가든 아니면 길고 점진적인 유도 과정이든 소년기가 지나
면 어른이 되어야 한다.

저메인 그리어, 《보이》

나는 김영하가 소년을 모델로 한 신작을 발표할 것이라는 소식
을 듣고, 서가 깊숙이 꽂혀 있던 저메인 그리어의 《보이》를 다시
꺼내볼 생각을 했다. 은희경이 소년들을 주인공으로 삼은 장편《소
년을 위로해줘》를 출간했을 때에도 같은 생각을 했으나, 생각에
그치고 말았다. 왜냐하면 이 소년들, 정확히는 21세기 한국의 소설
가들이 소설의 주인공으로 호명할 수밖에 없는 소년들은 그리어
가 수집하고 기록한 '가장 아름다운 한때로서의 소년의 역사'에는
누락되었거나 제외된 존재들일 것이라고 예감했기 때문이었다.

한국에서 소년으로 살아간다는 것은 한 인간의 일생 중 거치는 보편적인 이행기라기보다는 가혹하게 겪어내야 하는 '특수한 시기이자 환경'이 되어버렸다. 꼭 불우한 환경이라고 말할 수 없을지라도, 한국의 소년들은 대부분 비인간적인 교육환경에서 부모나 사회에 의해 '사육당하고' '박제되고' 있다고 느낀다. 소년들은 꿈을 가져볼 새도 없이 꿈으로부터 멀어져 어른들의 꿈을 대신 꾸는 시늉을 하고, 꿈꾸는 연기를 고분고분 해 보이느라 속으로는 극도로 피로하다. 풀리지 않고 쌓이는 피로는 분노를, 분노는 폭력을 잉태하고 폭발시킨다. 그런 환경을 알고도 묵인하며 사교육과 제도교육에 소년들을 맡길 수밖에 없는 부모들은 '낳았다'는 자체만으로도 부끄러움을 넘어 원죄의식을 가지고 살아가고 있는 것이 지금 한국의 현실이다. 원만한 가정에서조차 피해의식과 죄의식이 특수한 시기, 특수한 환경을 형성하고 있는데, 가정을 이루지도 못하고, 또 가정을 이루었다 해도 파탄난 지경에 처한 이들은 어떠하랴. 김영하의《너의 목소리가 들려》의 첫대목은 헤어날 길 없이 궁지에 몰린 소년, 소녀의 초상을 카메라로 따라가듯 차갑게 보여준다.

아직 귓가에 솜털이 보송한 소녀가 쇼핑용 카트를 밀면서 힘겹게 앞으로 나아가고 있다. 어찌 보면 카트가 그녀를 질질 끌고 가는 것처럼 보이기도 했다. 카트 안의 백팩은 고집스레 입을 다물고 있고 소녀의 귀에는 이어폰이 꽂혀 있다. 앳된 얼굴만 아니었다면 터미널에서 살아가는 그렇고 그런 노숙자처럼 보였을 것이다. 눈가와 입술에는 세상을 오래, 험하게 산 자들 특유의 독한 기운이 없었다.

김영하, 《너의 목소리가 들려》

고아 소년 동규와 제이를 소설의 주인공으로 불러낸 김영하의 《너의 목소리가 들려》가 출간될 즈음, 나는 '김이정'이라는 또 다른 고아 소년의 디아스포라 여정을 그린 그의 장편《검은 꽃》을 안고 북태평양을 건너고 있었다. 소설의 행로를 따라 유카탄 반도까지 돌아보고 귀국하자《검은 꽃》,《퀴즈쇼》에 이은 그의 이른바 '고아 트릴로지'의 세 번째 장편이자 완결편이라는 《너의 목소리가 들려》가 기다리고 있었다. 소설로 들어가기 전 탐색하는 과정에서 몇 개의 관습들이 머릿속에 출몰했다. 이때 관습이란 공적 영역의 상상력으로, 캐나다 출신의 서사학자 노스럽 프라이가 지적한바, '시인이나 소설가의 독창성은 관습이라는 역사 위에 존재하고 인간의 상상력은 전체로서 인간을 상상하는 공적인 것'이다. 이때의 관습을 기반으로 하는 공적 영역의 상상력은 '신화를 만들어내는 능력myth making power'으로 개인의 꿈을 공동체의 꿈으로 연결하는 의미심장한 것으로, '문화를 형성하기도 하고 해체하기도 하는 근원적인 힘'이라는 것(프라이,《비평의 해부》참고).

"요즘 들어 자꾸 제이 목소리가 들려요."

"뭐라고 하는데?"

"새로운 말은 없어요. 예전에 걔가 했던 말이 마치 녹음기라도 틀어놓은 것처럼 다시 들려요."

"나도 가끔 내가 쓴 소설의 인물들이 하는 말을 듣곤 해. 멍하니 앉아 있다가 누가 나한테 말을 거는 줄 알고 돌아볼 때도 있어. 근데 아무도 없지. 생각해보면 내가 며칠 전에 쓴 대사야." (중략)

"저는 아주 생생해요. 자다가 깜짝 놀라 일어날 정도라니까요. 가끔은 길을 걷

다가도 들어요."

"가장 자주 듣는 말은 뭐니?"

"일어날 일은 일어나고야 만다, 예요."

김영하, 《너의 목소리가 들려》

김영하의 《너의 목소리가 들려》를 읽기 전에 내 뇌리 속에 맴돌
았던 관습들은 제목이 노랫말의 거의 전부를 구성하며 볼레로처
럼 반복되는 델리 스파이스의 노래 〈차우차우―아무리 애를 쓰고
막아보려 해도 너의 목소리가 들려〉와 1950년대 사회계층간의 갈
등을 그린 존 오스본의 연극 그리고 영화 〈성난 얼굴로 돌아보라〉
였다. 이 관습들은 소설을 펼치기 전 독자인 나에게 직간접적으로
작용한 분위기였다. 정작 다 읽은 뒤의 감회는, 한국 사회의 특수
지대를 형성하는 고아 소년들을 향한 김영하식 위로의 서사이자
소설과 사회에 대한 작가의 현재 의식을 투사한 탐구의 서사라는
것. 곧, 김영하의 《너의 목소리가 들려》는 '한국에서 고아(소년)로
산다는 것은 무엇을 의미하는가'에 대한 신랄한 통찰이자 '21세기
소설이란, 소설의 역할이란 무엇인가'에 대한 화두로 읽혔다.

제이가 주도했던 그해의 대폭주는 전설이 되었다. 아직도 삼일절과 광복절 전야
만 되면 제이가 아직 살아 있다는 소문과 대폭주에 맞춰 다시 나타나리라는 예언
들이 돌아다닌다.

김영하, 《너의 목소리가 들려》

프라이가 말한 공적 영역의 상상력, 곧 신화의 관습은 어찌 보면 뛰어난 소설가이자 이론가 E. M. 포스터가 《소설의 이해》에서 명명한 '예언'의 항목과 상통한다. 말하는 것보다 암시의 세계, 한 번 들으면 온종일 귓가에 또 입가에 맴도는 후렴구의 세계. 눈으로 볼 수 없지만, 귀로, 마음으로 울리는 공명의 분위기. 베토벤의 운명 교향곡의 전주나 김승옥의 《무진기행》에 등장하는 안개 같은 것. 고속버스터미널의 공용화장실에서 열일곱 살 소녀의 자궁을 빠져나와 돼지엄마라는 생판 남인 여자의 손에서 자란 아이 제이의 내면, 제이가 맡겨진 돼지엄마가 기거하는 집의 1층에 살며 어미와 삼촌 간의 부적절한 관계를 목격한 후 함구증을 앓으며 세상에 내는 제 몫의 목소리를 거세시킨 아이 동규의 눈, 그리고 제이가 소년이 되어 거느린 오토바이 폭주족 아이들의 굉음 시위. 그런데 《너의 목소리가 들려》는 이들 고아 소년들의 이야기만으로 구성되지 않는다.

형식적으로 보면, 이 소설은 여섯 개의 부분으로 배치되어 있다. 처음과 끝은 프롤로그와 에필로그에 해당되고, 이들 고아 소년들의 이야기, 즉 '반쯤 열린 문' 안쪽의 세계는 복수複數 시점으로 동규, 제이, 목란, 승태에 의해 짜여졌다. 프롤로그와 에필로그가 동일한 정조mood와 시점으로 운용되는 것이 보통이라면, 이 소설의 경우는 다르다. 처음 마법사의 밧줄 이야기 부분은 이 소설 전체에 대한 암시 또는 예언의 역할을 하고, 마지막 부분은 네 개의 장이 하나의 액자 속 이야기인 듯 작가가 밖에서 소년들의 후일담을 전하는 형식으로 제시된다. 그리고 소설의 마지막 부분, 그중에서도 끝 단락은 작가의 말을 대신하고 있기도 하다.

북서풍이 창문을 뒤흔드는 깊은 겨울밤. 오래 붙들고 있던 이 원고에 '끝'이라는 한 글자를 쓰기 위해 책상 앞에 앉았다. 돌아보면 많은 이들에게 도움을 받았다. (중략) 단 한 사람에게만 고마움을 표할 수 있다면 그 대상은 바로 동규가 아닐까 싶다. 그 친구 덕분에 내 발밑에 존재하는 무한의 벌판을 발견할 수 있었다. 부디 먼 나라에서 평안하기를 빈다.

김영하, 《너의 목소리가 들려》

결론적으로 《너의 목소리가 들려》에는 젊고, 파괴적이며, 도발적인 내용과 '추리, 액자, 재구성'의 형식으로 요약되는 김영하 소설 세계의 요체가 깃들어 있다. 감상 포인트는, 여전한 부분과 진전된 부분의 형식 및 주제의 균형이 조화로운가, 나아가 새로운가. 고아 트릴로지의 선행작 《검은 꽃》(2004)과 《퀴즈 쇼》(2007)의 호출이 절실해지는 시점이다.

저메인 그리어, 《보이》, 정영문·문영혜 옮김, 새물결, 2004
김영하, 《너의 목소리가 들려》, 문학동네, 2012

외로운 남자의
유년 풍경

외젠 이오네스코, 《외로운 남자》

프랑스, 브르타뉴, 라 샤펠 앙트네즈,
외젠 이오네스코가 농가에 위탁아로 맡겨져 2년 반의 유년기를 보냈던 작은 전원 마을.

이오네스코의 말년 작업은 파편화된 유년기를 추적하고 성찰한

자전적 에세이와 스케치로 가득하다. 《외로운 남자》는

이 모든 자전적 삽화와 회상을 허구적으로 재구성한 자전적 소설이다.

완만한 구릉의 한적한 언덕길을 오르자 성당의 첨탑이 제일 먼저 시야에 들어왔다. 마을 진입로에 들어서니 20~30호의 집들이 성당을 중심으로 옹기종기 모여 있었다. 프랑스의 여느 시골 마을과 다르지 않은 풍경이었다. 이곳은 프랑스 북서부 라발 인근의 라 샤펠 앙트네즈. 비가 한 번 뿌리고 간 탓에 사방은 정갈하고 구름 사이로 파란빛이 막 펼쳐지고 있었다. 초원에는 희고, 노랗고, 검은 소들이 평화롭게 풀을 뜯고 있었고, 마을 안 도로에는 인적이 없었다.

이상하다. 마치 세계의 한 부분이 갑자기 심연 속으로 허물어져 들어간 듯하다. 지난 인생, 고색창연한 성당, 군중은 무엇이 되었을까? 모든 것이 허물어졌다. 아마도 어딘가에 있겠지만, 우리는 아무것도 모른다.

외젠 이오네스코, 《외로운 남자》

마을 입구 면사무소를 지나 성당에 다다랐다. 멀리에서 볼 때와는 달리 성당의 위세가 드높았다. 길을 따라 늘어선 집들의 창문은 닫혀 있었고, 집과 집을 연결하는 검은 전선들만이 창공에 생생했다. 평일, 아침나절의 적요. 신비로운 침묵의 세계에 발을 들여놓은 듯한 기묘한 착각이 일었다. 성당에서 길을 따라 몇 발자국 걸어 내려가자 길은 두 갈래로 나뉘었다. 좌우로 고개를 돌려보았다. 왼편 길로는 마을이 이어지는 듯했고, 오른편 길로는 집 한 채를 끝으로 마을이 마무리되는 듯했다. 그 집 옆으로 작은 다리가 보였고, 그 아래로 철길이 가로지르고 있었다. 추모비가 성당 앞에 앙

증맞게 세워져 있었다. 가까이 다가가 보니 탑신에 다음과 같이 새겨져 있었다. "1914년에서 1918년 목숨을 잃은 우리의 자식들을 추모함." 추모문 아래 전쟁에 나가 숨진 이름들이 탑의 사면에 빼곡히 새겨져 있었다. '1914년에서 1918년'에 다시 눈길이 닿았다. 내가 지금 이곳, 관광객은 물론 주민조차 눈에 띄지 않는 한적한 시골 마을의 길 한복판에 서 있는 이유는 바로 그 기간에 이곳에 머물렀던 한 이방인 소년의 족적을 밟아보기 위해서였다. 삼거리에는 마을을 알리는 중요한 것들, 그러니까 열대여섯 개의 안내 및 방향 표지가 집중적으로 모여 있었다. 표지물 중에 지금껏 가슴에 품고 이 마을을 향해 달려온 이름을 발견했다. 외젠 이오네스코.

태어나 몇 개월이 안 되어 나는 거의 세상에 익숙해졌다. 스스로를 인식하고 타인을 알아볼 수 있게 된 것이다. (중략) 내가 가장 좋아하는 엄마와 장난감 곰이 있었고, 그것들보다 덜 좋아하는 것과 싫어하는 것 등 거의 모든 것이 있었다. 나의 발가락, 하늘의 일부분, 이런저런 물건들, (중략) 나는 그러한 것들을 발견하고 놀랐던 무수한 순간들을 기억한다. 산책을 나갔을 때, 가끔 풍경이 변해 있는 걸 발견하기도 했지만 대체로 양호했으며 세계는 그 장소에 있었다.

외젠 이오네스코, 《이오네스코의 발견》

이오네스코는 프랑스 이름, 원래 루마니아 이름은 이오네스쿠. 그의 아버지의 성씨는 이오네스쿠, 그러니까 그는 루마니아인이었다. 그런 그가 20세기 프랑스문학을 대표하는 세계적인 부조리극 작가가 된 것은 그의 어머니가 프랑스인이기 때문이다. 그리고 그가 훗날 아버지(의 나라)와 결별하고 프랑스인으로 귀화했기 때문이다. 그의 어린 시절, 루마니아는 나치 치하가 되었고, 아버지는 나치 세력의 막강한 일원(총감)이 되었던 것. 이런 생의 이력으로 그는 한 살 때부터 여러 차례 프랑스에 체류했고, 유년의 황금기라고 할 수 있는 아홉 살 전후를 이 작고 소박한 성당 마을에서 보냈다. 제1차 세계대전 중이던 이 시기 그의 부모는 이혼했고, 어머니는 아이 둘을 이끌고 파리의 여인숙을 전전했다. 1917년 지인의 소개로 어린 소년 이오네스코는 라 샤펠 앙트네즈의 한 농가에 위탁아로 맡겨졌고, 이곳에서 그는 또래 아이들처럼 학교를 다니고 언덕을 뛰어다니며 평온한 전원생활을 체험했다.

> 네 살에 나는 죽음을 알게 되었다. 나는 절망하여 큰 소리로 울었다. 그 이후 언젠가 어머니를 잃게 된다는 것, 그 누구도 죽음을 피해갈 수 없다는 것을 알고 두려워했다. (중략) 나는 어머니에게 매달렸다. 시간의 흐름 속에서 그녀를 끄집어내기라도 하듯 잡아당겼다. 그러고 나니 어머니의 슬픔이 보였고, 불행한 소녀와 같은 그녀의 얼굴, 그녀의 흐느낌, 그녀의 고독을 알게 되었다. 아버지의 폭력이 있었다. 전쟁이 있었다. 적의 비행기, 곰팡내 나는 지하실, 학교, 시골의 전원이 있었다.
>
> 외젠 이오네스코, 《이오네스코의 발견》

삼거리에서 'C. A. T. Foyer Ionesco'라 쓰인 표지판이 가리키는 방향은 왼쪽이었고, 그대로 따라가보았다. 마을 중간 완만하게 시작되는 구릉 오른편에 서 있는 3층짜리 건물 외벽에도 역시 같은

'C. A. T. Foyer Ionesco'란 글자가 보였다. 입구에 군락을 이룬 라벤더가 보라색 꽃을 피우고 있었다. 몇몇 육중한 체구의 아이들이 순진한 표정으로 뒤돌아보며 느릿느릿 건물 안쪽으로 걸어 들어 갔다. 그곳은 독립적으로 생활하기 어려운 사람들을 돌보는 곳이었고, 나는 보라색 라벤더꽃 무더기를 손바닥으로 한번 스윽 훑고는 다시 길로 나섰다. 라벤더 향이 물결처럼 퍼졌다. 차를 돌려 지나온 길을 돌아나가려니 바로 코앞에 이오네스코가 단층짜리 건물 입구 외벽에 초상화로 그려져 기다리고 있었다. 그의 머리 위에는 '외젠 이오네스코 학교'라고 쓰여 있었다.

열 살 쯤 되었을 때, 나는 회상록을 쓸 생각을 했다. 노트를 꺼내 두 페이지를 작성했으나 지금은 사라지고 없다.

(중략) 세 번째 페이지에서 멈춘 이 기억들을 시작하기에 앞서, 난 이미 문학적 경험을 했다. 내가 아홉 살 때인 샤펠—앙트네즈의 초등학교 시절이었다. 나보다 한 살 위의 선배들이 말했다. 선생님이 이상한 숙제를 내줬다고. 그것은 매우 독특하고 어려운 글짓기 과제물이었다. 그것은 수학이나 지리보다 훨씬 어려웠는데, 독창성을 요하기 때문이었다. 즉 숙제는 그들 스스로 아직 존재하지 않는 어떤 것을 창조해내는 일이었던 것이다.

외젠 이오네스코, 《이오네스코의 발견》

'외젠 이오네스코 학교'를 지나 삼거리에 이르러 다리 쪽으로 향했다. 철길이 지나는 작은 마을, 그 어디쯤 간이역이 있을 것이고, 그 역을 통해 이오네스코는 파리로, 또 루마니아로 갔을 것이었다.

다리를 건너자 왼편으로 급격하게 구릉의 내리막길이 시작되었다. 저 아래 냇가를 따라 나무들이 하늘을 향해 울창하게 뻗어 있었다. 검푸른 숲 사이로 눈부시게 빛나는 녹지가 펼쳐져 있었고, 얼룩소들이 한가로이 풀을 뜯고 있었다. 이오네스코의 산문에서 봄직한 정경에 저절로 발길이 그쪽으로 옮겨졌다. 몇 걸음 걷지 않아 방앗간이라 쓰인 작은 푯말과 마주쳤다.

> 농장에 가려면 그 언덕을 내려가야만 했다. 왼쪽과 오른쪽에 움푹 파인 길은 초원의 가장자리를 에워싸고 있는 생울타리를 향해 길게 늘어서 있었다.
>
> 울타리를 기어오르는 것, 생울타리의 구멍을 통과하는 것, (중략) 그것은 우리를 경이롭게 만드는 발견이요, 탐험이었다. 공간은 광활했고, 풍경들은 2킬로미터 정도 사방으로 펼쳐져 끝없이 다양한 모습들을 드러내고 있었다. (중략) 또 다른 물가에, 또 다른 고장에 갔었고, 옆 마을에까지 나아갔으며 결국 그것은 다른 대륙으로 이어졌다.
>
> 외젠 이오네스코, 《이오네스코의 발견》

어린 이오네스코가 살았던 방앗간은 창고만 마당 한쪽에 남아 있을 뿐 본채는 레스토랑으로 변해 있었다. 장작더미가 쌓여 있는 창고와 하늘로 뻗은 나무들이 줄지어 서 있는 냇가, 그리고 그 위에 눈부시게 펼쳐져 있는 구릉의 초원을 완상하고 서 있자니 본채에서 주인이 유리문을 열고 밖으로 나왔다. 그에게서 세상을 등지고 사는 한 외로운 남자의 인상을 엿보았다면 나의 지나친 감상이었을까. 나는 정작, 꺼내지도 않고 가방 속에 묻어둔《외로운 남자》

의 칼 같은 첫 문장 "나이 서른다섯 살이면 인생 경주에서 물러나야 한다. 인생이 경주라면 말이다"를 떠올렸다.

이 소설이 쓰인 것은 1973년. 이오네스코 나이 예순네 살 때였다. 1950년 부조리극을 대표하는 〈대머리 여가수〉의 대성공 이후, 20년이 넘은 시점이었다. 21세기 독자라면, 이 첫 문장을 보고 당장 소설을 덮어버릴지도 모른다. 이 시대 한국의 표준 성인 남자가 성상적인 직장을 잡기란 필사적인 노력이 필요하며, 또한 그에 걸맞은 운도 뒤따라야 한다는 것을 현실로 직시하고 있기 때문이다. 이런 엄혹한 현실의 정글에서 나이 서른다섯이면, 막 자리를 잡고 의욕적으로 인생을 운용해보려는 나이다. 그런데 서른다섯이면 인생 경주에서 물러나야 한다니, 이오네스코는 도대체 무엇을 믿고 이런 첫 문장을 제시한 것일까?

직장 일이라면 나는 신물이 났다. 마흔을 바라보는 나이였으니 이른 편도 아니었다. 예기치 못했던 유산을 물려받지 않았더라면 난 권태와 우울증으로 죽고야 말았으리라. 아주 드문 일이지만 가끔 이런 횡재를 안겨다주는 먼 친척이 있는 법이다.

외젠 이오네스코, 《외로운 남자》

오호라, 인생 최대의 횡재, 곧 프랑스인들이 현실의 막다른 궁지에서 찾는다는 '미국 삼촌(생각지도 않았던 친척이 미국에서 벼락부자가 되어 나타나 상속자가 없어 유산을 나에게 물려준다는 속담)'이 어느 날 하늘에서 뚝 떨어진 것. 그것을 가정하고 읽어본다면 그럭저럭

서너 시간, 나를 작가에게 맡기고 환상 여행을 떠날 수 있을 것이다. 어차피 독서란, 특히 소설을 읽는 것이란, 이런저런 문제적 인간의 한때를 엿보며 시간 여행을 즐기는 것. 이오네스코는 죽기 전에 단 한 편의 소설을 쓰고자 했던 것일까. 이오네스코의 말년 작업은 파편화된 유년기를 추적하고 성찰한 자전적 에세이와 스케치로 가득하다. 《외로운 남자》는 이 모든 자전적 삽화와 회상을 허구적으로 재구성한 자전적 소설이다. 노작가의 조율로 20세기 이름을 날렸던 소설 주인공들(대부분 그들은 서른다섯 살 무렵 세상에서 물러나거나 제외되었다)이 숨바꼭질하듯 익명의 화자에 얹혀 출몰하는 것을 지켜보는 재미가 톡톡하다.

여러 해가, 아니면 몇 초가 흘렀다.

(중략) 개선문과 함께 기둥들이 사라졌다. 나에게 깊이 스며들었던 그 빛의 무엇인가는 남았다.

외젠 이오네스코, 《외로운 남자》

이제는 멈춰버린 방앗간에서 언덕으로 올라오자 막 기차가 마을을 빠져나가고 있었다. 나는 기차 꼬리를 스치듯 다리를 건너 성당을 향해 걸어갔다. 다리를 건너는 중에 문득 뒤통수를 치듯 하나의 생각이 떠올랐다. 이곳은 어린 이오네스코의 유배지나 마찬가지였다. 세상에서 스스로 자신을 유폐시킨 서른다섯 살 사내를 소설의 주인공으로 삼아 그가 복원하고자 한 것은 무엇이었을까. 유년기에 멈추어버린 생의 조각들을 하나하나 끼워 맞춰 한 편의 그림으로 완성하고자 한 것은 아니었을까. 그것은 소설만이 유일하게 감당할 수 있는 일이라 생각한 것이 아니었을까. 기차 꼬리는 더 이상 보이지 않았다. 기차도 나도 갈 길이 멀었다.

외젠 이오네스코,《이오네스코의 발견》, 박형섭 옮김, 새물결, 2005
외젠 이오네스코,《외로운 남자》, 이재룡 옮김, 문학동네, 2010

리틀 시카고,
21세기 골목담의 탄생

정한아, 《리틀 시카고》

미국, 일리노이, 시카고.
열두 살 선희가 사는 골목 '리틀 시카고'는
마피아와 갱단이 활보하던 20세기 시카고에서 이름을 따왔다.

공간, 곧 장면이 살아 있는 소설은 독자를 관객으로 변화시킨다.

문장과 문장, 단락과 단락은 스크린이 되고 독자는 관객처럼

스크린 속 구체적인 현실을 경험한다.

나는 골목, 세상의 골목들을 좋아한다. 즐겨 부르는 노래의 레퍼토리에는 언제나 김현식의 〈골목길〉이 있다. '골목길 접어들 때에 내 가슴은 뛰고 있었지.' 유럽의 유서 깊은 도시들은 골목으로 시작해서 광장으로 끝난다. 그리고 그 광장은 다시 수많은 골목들을 만들어 세상에 퍼뜨린다. 도시의 역사, 아니 삶의 역사가 길수록 다채로운 골목을 자랑한다. 신도시들이 백화점 신상품처럼 등장하는 21세기 한국에서 골목의 자리는 더 이상 없다. 지난 시대 유물처럼 도시의 후미진 곳으로 밀려나 있을 뿐이다. 세상이 휘황해질수록 골목은 희미해진다. 속도가 '선善'이고 '미美'이고 '덕德'이 되어버린 세상, 마음이 밀리고 잊히고 버려진 세상. 골목은 세상의 정면正面이 아닌 이면裏面이 되었고, 사진가와 소설가 같은 이면의 관찰자 혹은 이면의 탐구자들에 의해 잠시 세상에 본모습을 드러낼 뿐이다.

나는 뒤를 돌아 골목을 바라본다. 부대에서 골목으로 이어지는 길 위에 두꺼운 침묵이 깔린 것만 같다. 어쩌면 이 순간이 두려워서, 모든 사람들이 그렇게 도망치듯 골목을 떠났는지도 모른다. 나는 줄곧 이때를 기다려왔다. 끝에서부터 시작하기 위해서. 이제 나는 이야기를 시작할 것이다. 그것이 살아남은 자들의 책임일 테니까.

정한아, 《리틀 시카고》

나는 소설의 본류는 인간학임을 누누이 강조해왔다. 따라서 소설을 구성하는 몇 가지 요소 중에서도 핵심은 인간, 즉 인물, 캐릭

터이다. 소설이란 인간이 태어나고 자라고 살고 죽는 사건, 곧 인생의 어느 한때, 정확하게는 문제가 있는 한 시기를 그리는 것인데, 이 시기에 인간이 처한 장소, 곧 공간, 환경 또한 소설에서 의미심장한 역할을 한다. 소설에서의 공간은 영화에서의 장면보다 선행한다. 영화가 발명되기 이전에 독자들은 소설에서 파노라마처럼 펼쳐지는 장면들을 경험했고, 소설가는 영화감독 이전에 미장센을 소설에 적용했다. 바로 그 선두 그룹에 19세기 소설가 오노레 드 발자크가 있고, 가장 후발 그룹에 21세기 소설가 정한아가 있는 셈이다.

> 우리가 처음으로 마주하는 세상은 흑백의 풍경이다. 시신경이 활성화되는 생후 사 개월까지, 아기들은 묽디묽은 무채색의 세상을 본다. 시간이 지나면서 공간은 점차 색채를 띠기 시작한다. 맨 처음 나뭇잎이 녹색으로 빛나기 시작한 순간, 병아리의 솜털이 노랗게 변한 순간, 하늘이 석양의 붉은빛으로 물든 순간, 아기들은 놀라서 소리를 지른다. 그 빛은 우리 생에 잠시 머물렀다가, 죽음에 이르는 순간 사라져버린다. 그래서 다들 뒤늦게 이마를 치는 것이다. 좀더 봐둘걸, 좀더 머물러서 봐둘걸.
> 내가 태어나 자란 골목은 '리틀 시카고'라 불렸다.
>
> 정한아, 《리틀 시카고》

골목에서 시작해서 골목으로 끝나는 이 소설은, 분류하자면, '골목담'으로 불러도 좋을 것이다. 삶의 어두운 이면에 가려져 있다가 세상에 나온 공간들—집, 골목, 거리, 광장, 언덕—은 소설가에 의

해 소설이라는 세상에 호명되면서 끊임없이 형상을 만들며 다시 모습을 드러낸다. 공간, 곧 장면이 살아 있는 소설은 독자를 관객으로 변화시킨다. 문장과 문장, 단락과 단락은 스크린이 되고 독자는 관객처럼 스크린 속 구체적인 현실을 경험한다. 밀란 쿤데라는 영화감독이 출현하기 이전, 독자를 관객으로 만든 작가로 발자크를 꼽는다.

어느 지방의 몇몇 도시에는 겉모습에서 아주 음침한 수도원이나 지독히 쓸쓸한 황야, 아니면 말할 수 없이 서글픈 폐허가 연상되는 그런 우울함이 느껴지는 집들이 있다. 그런 집은 틀림없이 수도원의 침묵과 황야의 쓸쓸함 그리고 해골이 나뒹구는 폐허의 분위기를 풍길 것이다. 그곳에선 삶의 움직임이 하도 고요해서 다른 지방에서 온 사람에게는 사람이 살지 않는 집으로 보일 수도 있을 것이다. (중략) 여름엔 덥고 겨울엔 추우며, 군데군데 외진 곳이 있어 지금은 사람이 거의 다니지 않는 그 오르막길은 늘 깨끗하고 건조한 좁은 자갈길의 돌 부딪치는 소리, 꼬불꼬불한 길의 비좁음, 구시가지에 속해 있는 성벽으로 둘러싸인 집들의 고요함 등으로 명성이 나 있다.

오노레 드 발자크, 《외제니 그랑데》

이것은 20세기 영화 연출자들에게 유용한 참고가 되어온 발자크 소설의 일단이다. 독자들은 스크린에서처럼 문장과 행간 사이에서 눈을 떼지 못한다. 발자크에서 출발한 이러한 스크린 기술 또는 전통은 귀스타브 플로베르(《감정 교육》의 파리)를 거쳐 제임스 조이스(《율리시스》의 더블린), 버지니아 울프(《댈러웨이 부인》의 런던)

등 20세기 현대 작가들에 이른다. 그리고 우리나라에는 1930년대 모던 보이 박태원(《소설가 구보씨의 일일》의 경성)이 있고, 세기를 훌쩍 뛰어넘어 21세기 정한아(《리틀 시카고》의 기지촌 골목)가 있는 것이다.

> 미군들이 지은 그 이름은 마피아와 갱단이 활약하던 범죄의 도시 시카고에서 따온 것이다. 나는 그곳에서 여러 가지 색깔을 가진 사람들을 만났다. 노란색 머리카락을 가진 사람, (중략) 파란색 눈동자를 가진 사람, (중략) 그 사람들이 모두 한꺼번에 쏟아져나오면 꼭 무지개가 뜨는 것 같았다. 그 골목은 갖가지 색깔을 품고서 오십 년간 변함없이 그 자리에 있었다.
>
> 우리 집은 할아버지 때부터 골목 한가운데서 레스토랑을 했다.
>
> 정한아, 《리틀 시카고》

정한아의 《리틀 시카고》는 미군부대 기지촌이라는 특수한 공간을 무대 삼아 3대에 걸친 시간 동안 골목 레스토랑 안팎에서 벌어지는 골목담의 이모저모를 펼쳐 보이고 있다. 그런데 여기에서 눈여겨볼 대목은 소설을 이끌어가는 중심 화자가 열두 살 선희라는 것이다. 곧 골목담이되, 열두 살 소녀의 눈에 비친 제한적인 풍경이다.

> 골목 사람들의 얼굴은 항상 미군부대 쪽을 향하고 있었다.
>
> (중략) 미군들이 골목을 떠날 때마다 샬롬하우스에는 아이들이 늘어났다.
>
> (중략) 토니 아저씨는 골목 안에서 제일 유쾌한 미국인이었다. 미군으로 이 골

목에 들어온 아저씨는 부대 내 현지 직원이던 한국 여자와 사랑에 빠졌고, 곧 그녀와 결혼해서 미카를 낳았다. 아저씨는 뉴올리언스 출신이었다. 나는 그 도시의 안개와 유령, 루이 암스트롱에 대해서 질리도록 들었다.

정한아, 《리틀 시카고》

소설은 이야기, 그것도 특별한 이야기를 토대로 짜인다. 그렇다고 특별한 이야기가 모두 소설이 되는 것은 아니다. 정한아의 《리틀 시카고》는 어떤 의미에서 오정희의 〈중국인 거리〉나 박완서의 《나목》의 고유한 장면을 환기하며 동류항의 면모를 보인다.

해안촌海岸村 혹은 중국인 거리라고도 불려지는 우리 동네는 겨우내 북풍이 실어 나르는 탄가루로 그늘지고, 거무죽죽한 공기 속에 해는 낮달처럼 희미하게 걸려 있었다.

(중략) 길의 양켠은 가건물인 상점들을 빼고는 거의 빈터였다. 드문드문 포격에 무너진 건물의 형해가 썩은 이빨처럼 서 있을 뿐이었다.

오정희, 〈중국인 거리〉, 《유년의 뜰》

부옇게 흐린 날씨에 정전까지 겹쳐 네 명의 환쟁이들은 한결같이 능률을 못 내고 있었다.

(중략) 환쟁이들이 밥벌이로 하고 있는 이 초상화 그리기가 실상 이만치라도 바쁜 것은 고작해야 미군들 봉급날인 월말을 전후해서 일주일쯤이지 그밖의 날은 그저 심심풀이나 면할 정도였다.

(중략) 갑자기 환한 조명 속에 펼쳐진 건너편 미국 물품 매장 쪽을 나는 마치

객석에서 무대를 바라보듯 설레는, 좀 황홀하기조차 한 기분으로 바라봤다.

박완서, 《나목》

전쟁 중 폐허가 된 수도 서울의 PX 초상화부를 무대로 예술과 사랑을 향한 스무 살 여성의 불안한 심리와 동경을 그린 《나목》, 전후戰後 인천 중국인 거리의 불안정하고 야릇한 이국 장면을 열세 살 초경 무렵 소녀의 흔들리는 심리라는 제한 시점으로 투영한 〈중국인 거리〉. 그리고 전쟁은 끝났으나 50년째 이어져온 미군 기지촌 레스토랑을 무대로 전해지는 인생 유전을, 전쟁 체험 세대인 할아버지의 어린 손녀 눈으로 관찰한 《리틀 시카고》. 이들은 작가 개인의 유년 체험이 역사의 특별한 시기, 특별한 공간과 맞물리면서 소설로 발전한 경우다. 이때 체험은 전쟁이나 가난, 불구 등 특수한 시기, 특수한 사건에 뿌리를 둔 창작의 동력으로 '원체험'이라고 부른다. 1970년대 발표된 박완서, 오정희의 유년 삽화가 전쟁 체험 세대의 원체험에서 기인한다면, 2012년에 발표된 정한아의 경우 원체험 취약 또는 불모 세대의 소설적 탐구라는 데에 각별한 의미가 있다. 소재는 발견하는 자의 것이다. 주제에 치중하여 일견 미성숙하게 보이는 거창한 주장도, 소재에 함몰된 자의식 과잉의 묘사도 아닌, 젊은 작가 정한아가 선택한 골목담은 과도하지 않은 소소함과 리듬감이 돋보인다.

미군들이 이 골목을 떠난다고 했을 때, 사람들은 땅이 갈라지고 불길이 솟아오르기라도 할 것처럼 혼비백산 놀라서 도망치기 시작했다. 하지만 실제로는 아무 일도 일어나지 않았다. 오히려 이 땅은 어둠과 고요 속에 빠져버렸다.

사람들은 비로소 깊은 잠에 빠져, 제대로 된 꿈을 꿀 수 있게 됐다.

정한아, 《리틀 시카고》

오정희, 《유년의 뜰》, 문학과지성사, 1998
정한아, 《리틀 시카고》, 문학동네, 2012
오노레 드 발자크, 《외제니 그랑데》, 조명원 옮김, 지만지, 2012
박완서, 《나목》, 세계사, 2012

기록으로서의
퍼즐 사용법

조르주 페렉, 《사물들》

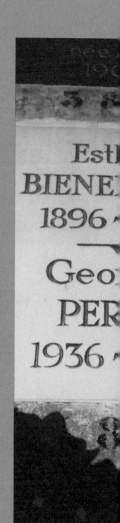

프랑스, 파리 20구, 페르라셰즈 공동묘지, 조르주 페렉 납골묘.
발자크, 프루스트, 이브 몽탕, 에디트 피아프 등 프랑스의 문학 예술가뿐만이 아니라 쇼팽, 오스카 와일드,
짐 모리슨 등 세계적인 예술가들이 묻혀 있는 파리 도심에 위치한 가장 큰 규모의 대형 공동묘지.

《인생 사용법》은 인간의 삶을 둘러싼 사물들을

각각의 시공간 속에서 벼려내어 조각조각 페렉식으로 창조하고 재구성한

방대한 퍼즐 작품이다.

묘하다. 조르주 페렉의 소설 《사물들》을 읽고 있자니, 자동으로 떠오르는 이름과 작품이 있다. 김승옥과 그의 단편 〈서울 1964년 겨울〉. 페렉이 '대모험La grande aventure'이라는 제목으로 소설을 쓰기 시작한 것은 1964년, 이것을 '사물들'이라는 제목으로 바꾸고 '1960년대 이야기'라는 부제를 달아 출간한 것은 이듬해 1965년. 이는 김승옥의 〈서울 1964년 겨울〉의 행보와 궤를 같이한다. 20세기 세계문학의 중심이었던 당시 프랑스 문단과 감수성의 혁명이라는 새로운 미학을 경험하던 한국 문단의 1960년대 중반 소설적 공기가 사뭇 흥미로워지는 대목이다.

"김형, 우리는 분명 스물다섯 살짜리죠?"

"난 분명히 그렇습니다."

"나두 그건 분명합니다." 그는 고개를 한 번 갸웃했다.

"두려워집니다."

"뭐가요?" 내가 물었다.

"그 뭔가가, 그러니까……" 그가 한숨 같은 음성으로 말했다. "우리가 너무 늙어버린 것 같지 않습니까?"

"우린 이제 겨우 스물다섯 살입니다." 나는 말했다.

"하여튼……"

김승옥, 〈서울 1964년 겨울〉, 《무진기행 – 김승옥 소설전집》

그들은 어긋나 있었다. 그들은 자기 자신을 잃어가고 있었다. 이미 돌아설 수도 없고, 끝도 알 수 없는 길에 들어서 끌려다닌다고 느끼기 시작했다. 두려움이 밀려왔다. 하지만 대개는 조바심을 낼 뿐이었다. 자신들은 준비된 것 같았다. 자신들은 채비가 되어 있었다. 그들은 삶을 기다렸다.

조르주 페렉, 《사물들》

기묘하다. 아니 오히려 이러한 둘의 공명共鳴이 자연스럽다고 해야 할까. 그곳이 어디든, 그 시대, 1960년대에는. 아니다. 두 작가에게 공통으로 부여되는 '도시적 감수성'이라는 수식어 앞에 굳이 '1960년대식'을 첨언할 필요는 없다. 그 시기에 태어난 내가 철들 무렵 그들을 처음 읽었던 20세기 후반이나, 세월이 흘러 21세기에 들어서고도 10년이 훌쩍 지난 지금 다시 읽으나 그들 소설이 거느린 '도시적 감수성'은 전혀 늙거나 낡지 않았으니 말이다. 그러므로 지금의 청춘들에게는 이미 고전이 되어버렸을지언정, 나만은 이들 작품에 굳이 '살아 있는' 또는 '현대의'라는 접두사를 붙이고 싶지 않은 것이다. 그들, 서울의 스물다섯 살짜리들이나 파리의 제롬과 실비는 지금 이곳 88만 원 세대의 공기 속에 그대로 살아 숨쉬고 있으니.

35제곱미터의 아파트는 조그만 현관과 절반은 세면실이 차지하는 턱없이 비좁은 부엌, 작은 침실, 그리고 서재이자 거실이며 작업실, 손님방인, 모든 것을 해결해야 하는 방, 뭐라 딱히 이름 붙이지 못할 구석으로 이루어져 있었다. 골방과 복도의 중간쯤 되는 이곳에 작은 냉장고, 전기 온수기, 임시로 만든 옷걸이, 식탁, 의자로도 쓰이는 세탁물 함이 놓여 있었다.

어떤 날에는 비좁은 공간을 도저히 참을 수 없었다. (중략) 옆집을 터서 연결해

볼까 생각도 해보았지만 허사였다. 번번이 이제는 그들의 운명이 되어버린 원래의 35제곱미터로 되돌아오고 말았다.

조르주 페렉, 《사물들》

　파리에서 35제곱미터는 두 공간으로 나뉜 열 평가량 크기의 작은 아파트. 보통 일시적으로 체류하는 연구자나 소설 주인공인 제롬과 실비처럼 젊은 동거 커플이 세 들어 사는 공간이다. 1990년대 말부터 파리에 잠깐씩 체류할 때마다 나는 팡테옹 아래 리네 거리 11번지의 아파트에 머물곤 했다. 놀랍게도 바로 옆 13번지에 조르주 페렉이 한때 살았었고, 그의 소설 속 공간은 대부분 이곳 또는 이곳과 유사한 크기의 아파트들이다. 위의 인용에서 언뜻 볼 수 있듯이 페렉은 소설을 매개로 공간 탐구에 열정적이었던 인물이다. 그의 소설의 특장으로 평가되는 '도시적 감수성'은 사물에 투영된, 공간에 대한 작가의 예민하고도 투명한 감각과 자의식에서 비롯된다. 그런데 이 공간이라는 것은 시간과 불가분의 관계를 맺고 있고, 시공간 속의 인간의 삶이란 인생이자 관습인 동시에 법이다. 이때 관습이란 긍정적인 의미로 일상에서 걸러지고 축적된 지혜의 산물이고, 견고하면서도 유려한 일상의 체계이다. 이러한 맥락에서 페렉이 1965년 데뷔작이자 출세작 《사물들》 이후 10여 년 뒤인 1978년 발표한 《인생 사용법》은 인간의 삶을 둘러싼 사물들을 각각의 시공간 속에서 벼려내어 조각조각 페렉 식으로 창조하고 재구성한 방대한 퍼즐 작품이다.

계단은, 각 층마다 얽혀 있는 하나의 추억을, 하나의 감동을, 이제는 낡아서 감지할 수 없는 어떤 것을, 그러나 기억의 희미한 빛 속 어디에선가 고동치고 있는 그무엇을 간직한 곳이었다. 즉 어떤 몸짓, 어떤 향기, 어떤 소리, 어떤 번쩍임, 피아노 반주에 맞추어 오페라 곡을 노래하던 어떤 젊은 여인, 서투른 솜씨로 타자기를 두드리는 소리, 크레졸의 고약한 냄새, (중략) 실크나 모피가 스치는 소리, 문뒤에서 나던 고양이의 애처로운 울음소리, 칸막이벽을 두드리는 소리, (중략) 혹은 7층 오른쪽 아파트에서 가스파르 윙클레의 도림질용 전동톱이 내던 지겨운윙윙 소리, 그 소리에 답하듯 세 층 아래 4층 왼쪽 아파트의 늘 한결같았던 참을수 없는 침묵 (중략)

조르주 페렉, 《인생 사용법》

《인생 사용법》은 가스통 바슐라르의 《공간의 시학》을 방불케 할정도로 공간들을 세밀하게 분류하고 중첩하고 있다. 이는 문학사적 의미를 부여하자면 '울리포OuLiPo'라는 당시 문학실험전위그룹의 핵심이었던 페렉의 서사적 실험의 총화인 셈이다. 그리고 이 총화의 형상은 퍼즐의 형태를 띠고 있는데, 완성된 퍼즐은 파리 17구시몽크뤼벨리에 거리 아파트의 입주자들에 대한 99개 장으로 이루어져 있다. 페렉의 《사물들》과 《인생 사용법》을 읽은 독자라면, 등장인물들과 함께 파리에 오래 산 것처럼 거리와 골목, 계단과문, 벽과 천장, 창문과 창문 밖 풍경까지 세밀하게 알고 있는 듯한친밀감을 느끼게 된다.

그들은 정원에 면한 천장이 낮은, 작고 아담한 아파트에 살고 있었다. 냄새에 찌

든 데다가 어두침침하며 좁고 후끈거리는 복도에 있던 코딱지만 한 옛집을 떠올리면, 새소리로 매일 아침을 시작하는 지금이 처음에는 황홀할 정도로 행복했다. 창을 열고 한참 동안 행복에 겨워 정원을 바라보고는 했다. (중략) 좀처럼 보기 어려운 풀들이 무성하고 화분들과 풀숲, 소박한 조각상까지 갖춘 모양이 제작각인 아담한 다섯 개의 정원과 아름드리나무들 사이로 난 다양한 모양의 큼직한 돌들이 깔린 산책로는 마치 시골에 온 듯한 느낌을 주었다. 어느 가을날, 비라도 내리고 나면 땅으로부터 올라오는 낙엽 냄새, 두엄, 진한 숲의 향기를 맡을 수 있는 파리의 몇 안 되는 곳이었다.

조르주 페렉, 《사물들》

이렇듯 공간에 대한 남다른 애착을 보인 페렉은 파리의 장소들을 기록하는 '서기書記로서의 소설가'를 자처하고, 소설뿐 아니라 영상으로 파리의 곳곳을 기록하는 영화 제작에도 관여하기에 이른다. 마흔다섯 살에 요절하기까지, 그가 기획한 마지막 프로젝트인 《장소들Lieux》은 12년에 걸쳐 파리의 열두 곳을 기록하는 것이었다(《사물들》, 옮긴이 말 참고). 그는 왜 '파리의 서기'를 자처하며 장소들을 낱낱이 기록하려고 했던 것일까.

나에겐 유년기에 대한 기억이 없다. 거의 열두 살까지 나의 역사는 몇 줄로 충분하다. 네 살 때 아버지를 잃었고, 여섯 살엔 어머니마저 잃었다.

(중략) 불확실한 내 기억을 되살려 내기 위해 도움을 청할 수 있는 것이라곤 빛바랜 사진, 몇몇 증언과 보잘것없는 서류 조각뿐이기 때문에 나에게 남은 선택은 아주 오래도록 내가 치유 불가능한 것이라 이름 지은 것들을 환기시키는 일이다.

과거의 것, 아마도 현재에는 더 이상 존재하지 않는, 그러나 내가 존재하기 위해서는 있어야만 하는 과거의 것들.

조르주 페렉, 《W 또는 유년의 기억》

파리에 도착해 두 달 가까이 체류하는 동안 책상에서든 거리에서든 페렉의 소설들을 끼고 살다가, 마침내 20구 빌랭 거리를 찾아갔다. 비가 지나간 뒤였고, 하늘에는 먹구름이 넓게 퍼져 있었다. 파리의 거리를 기록한 자료에는 '막다른 길처럼 보이는 200미터의 포석이 깔린 거리'라고 설명되어 있는데, 정작 가 보니 채 100미터가 되지 않았고 포석은 거리와 이어진 벨빌 공원의 산책로에 깔려 있었다. 이 장소는 폴란드 이주 노동자의 아들로 태어나 네 살에 전쟁에서 아버지를 여의고, 여섯 살에 아우슈비츠에서 유대인 어머니를 잃은 페렉이 유년기를 보낸 곳이며 《W 또는 유년의 기억》이라는 그의 자전소설의 무대이기도 하다. 페렉은 이 거리가 사라지는 것을 보면서 기록할 생각을 했고, 그것을 소설과 영상으로 남겼다.

《사물들》과 《인생 사용법》은 나에게 두 번째 만남이다. 조르주 페렉의 소설이 한국에 소개되기 시작한 것은 1980년대 후반이다. 문예지에 단편적으로 번역 · 소개되다가 1990년대 중반에 그의 데뷔작인 《사물들》이 단행본으로 번역 · 출간되었고, 그의 소설 실험의 결정판인 《인생 사용법》은 2000년대에 들어서 한국 독자들에게 선보였다―김호영의 초역으로 2000년에 '책세상'에서 출간되었고, 2012년 같은 번역자의 번역본으로 '문학동네'에서 재출간되었다―.

조르주 페렉의 소설이 한국 독자에게 뒤늦게 번역되고, 2010년대 들어서야 전집 형태로 출간되는 데에는 나름의 이유가 있다. 1980년대까지 한국 소설계는 민주화라는 대의를 위한 광장(현실주의) 소설로 나아갔고, 1990년대에는 시대의 부름에 헌신했던 개인들의 피폐해진 마음을 부드럽게 어루만지는 내면(밀실) 서사 쪽으로 급격히 기울어졌다. 이러한 편향성으로 페렉의 소설 실험이 한국 독자와 만나기 위해서는 개인과 사회의 균형 회복이 필요했다. 최근 새롭게 재출간된 페렉의 작업들이 독자들의 자유로운 감각 속에서 소통하기를 기대한다.

김승옥, 《무진기행-김승옥 소설전집》, 문학동네, 2004
조르주 페렉, 《사물들》, 김명숙 옮김, 펭귄클래식코리아, 2011
조르주 페렉, 《W 또는 유년의 기억》, 이재룡 옮김, 펭귄클래식코리아, 2011
조르주 페렉, 《인생 사용법》, 김호영 옮김, 문학동네, 2012

소설의 성소聖所,
자전自傳의 형식

김경욱 외, 《자전소설1-축구도 잘해요》

프랑스, 투르, 시농, 사셰 성, 발자크 박물관, 발자크의 집필실.
발자크는 어린 시절 기숙학교에서 보낸 체험을 자전적 성장 소설《루이 랑베르》로 풀어냈다.

어떤 형식을 취하든 자전소설은 작가에게 소설이 시작되는 원체험이자

소설이 끝나는 길에서 다시 처음으로 돌아가는,

소설의 모든 것이 저장되어 있는, 소설의 성소聖所인 셈이다.

여기 42편의 자전소설이 있다. 42명 소설가들이 빚어내는 '자전소설'이라는 세계란 희귀한 풍경이 아닐 수 없다. 소설이라는 말은 하나지만 그것이 품고 있는 세계는, 이 지구상에 존재하는 다양한 사람들의 얼굴과 목소리, 개성만큼이나 각 소설이 표방하는 언어와 형식은 다 다르다. 소설이라는 우주를 잘 탐사하기 위해서는 세 가지 범주론을 환기할 필요가 있는데, '예술'로서의 소설, '사상'으로서의 소설, '오락'으로서의 소설에 대한 기준이 그것이다. 그렇다면 자전소설의 범주는 어떻게 될까. 김경욱의 〈미림아트시네마〉에서 한 대답을 찾을 수 있다.

작가후기…… 그렇다. 책을 읽을 때 나는, 작가 후기부터 훑어본다. (중략) 나에게 작가 후기, 혹은 작가의 말은 책 선택에 지대한 영향을 끼친다. 후기만 그럴듯하게 쓰는 작가는 없다. 나이 서른이 넘으면 자신의 인상에 책임져야 한단다. 마찬가지로 작가는 자신이 책임질 수 있는 범위에서만 후기를 쓴다고 나는 확신한다. 그런 의미에서 후기는 정직하다.

(중략) 말하자면, 내게 보낸 이 글이 그에게는 작가 후기와 같은 것이리라. 내색은 하지 않지만 그는 지금 퍽 난처한 기분이리라. 진실 게임을 할 때처럼 난감한 기분, 시시콜콜 까발릴 수도, 그렇다고 너절하게 둘러댈 수도 없는, 그런 기분 말이다. (중략) 결국 작가 후기만큼의 정직함이라는 것이 가능하다면 그로서는 달리 선택의 여지가 없을 것이다. 그렇지 않다면 고해성사를 하거나 사기를 치는 수밖에.

김경욱, 〈미림아트시네마〉, 《자전소설1 – 축구도 잘해요》

작가들에게 자전소설은 두 가지 형식으로 나타난다. 김경욱의 작품 첫 대목이 보여주듯 작가 후기로서의 정직함, 진실게임의 난감함, 고해성사의 진지함 또는 슬쩍 딴청 피우듯 둘러대듯이 능청스럽게 사기(소설 본연의 임무)를 치는 일. 42편의 자전소설들은 대부분 이 두 갈래의 갈림길 앞에서 전자의 길을 선택하고 있고, 몇몇 작품들만이 후자의 길을 걷고 있다. 전자의 길에 들어선 작품들이 전하는 공통의 내용을 함축해서 진하면 '니는 어떻게 소설가가 되었는가'에 대한 고백이다. 그들이 소설이라는 하나의 세계, 하나의 우주를 발견하게 된 어떤 순간 또는 어느 시점 또는 어느 시기의 사람, 거리, 가족, 집, 영화 음악과 같은 매체, 역사적 사건에 대한. 방현석에게는 '밥과 국', 김경욱에게는 '미림아트시네마', 정이현에게는 '삼풍백화점', 김숨에게는 '럭키슈퍼', 김중혁에게는 '나와 B'가 그것들이다.

김송이

그 여자의 눈빛을 잊지 못한다.

내가 그 여자의 이름을 안 것은 유치장으로 넘어간 지 사흘째 되던 날이었다.

특별면회를 다녀오다 그녀의 이름을 보았다. 그녀가 갇힌 방 앞에 걸린 명패에는, 김송이 22 여 집시, 라고 씌어 있었다. 나는 그녀와 남부지원의 같은 법정에서 재판을 받고 호송차를 함께 타고 왔다. 호송차 안에서 그녀와 단 한마디도 나누지 않았지만 나는 그녀가 무엇을 하는 사람이며 왜 유치장 신세를 지게 되었는지를 훤히 알고 있었다.

(중략) 전태일

산은 변함이 없다.

아이들을 기다리며 겨울로 가고 있는 북한산을 멀리 바라본다. 십일월······ 십일월이다. 산은 변함없이 그대로인데 산 아래는 온통 아파트 천지로 변했다. 산 아래의 모든 것이 변했는데도 세상은 바뀌지 않았다.

(중략) 송철순

누구에게나 순정한 시간이 있다.

송철순이 일했던 세광물산은 내가 조직을 담당했던 5공단에 있었다. 나는 인노협의 조직 1부장이었다. 지금도 인천에서 나를 만났던 사람들은 나를 방부장이라고 부른다. 그 이름에 대한 부채감이 아직 남아 있다.

방현석, 〈밥과 국〉, 《자전소설4 – 20세기 이력서》

그해 봄, 나는 음반 매장에서 일을 하고 있었다. 인터넷으로 음반을 파는 게 나의 정식 업무였지만 매장에서 일을 하는 시간이 더 많았다.

(중략) B를 처음 만난 날, 나는 혼자서 음반 매장을 지키고 있었다. 저녁 일곱시를 넘긴 시간이었고 다른 직원들은 모두 퇴근을 한 후였다. 나는 계산대에 앉아 사이키델릭하기로 유명한 어떤 그룹의 신보를 듣고 있었다.

(중략) 음반 매장에서 오랫동안 일하진 않았지만 뭔가 꿍꿍이가 있는 손님은 한눈에 알아볼 수 있다. 계산대 쪽을 자주 흘끔거린다거나, 음반 뒷면을 너무 오래 들여다본다거나, 한곳에 너무 오래 머문다면, 꿍꿍이가 있는 것이다. 그가 그랬다.

김중혁, 〈나와 B〉, 《자전소설1– 축구도 잘해요》

김송이, 전태일, 송철순……. 질곡의 1970~80년대를 광장과 거리에서 보내면서 만나고 헤어졌던 인물들을 자전소설 속에 호명한 방현석은 한국은 물론 베트남의 현대사에서 억압되고 소외된 인간들을 대상으로 따뜻한 휴머니즘을 소설 속에 구현해왔다. 대표 소설집인 《내일을 여는 집》, 《랍스터를 먹는 시간》의 작품들이 현실 참여적인 그의 작가 정신을 웅변한다. 음반 가게에서 직원과 소매치기 손님으로 만난 두 인물이 기타를 매개로 벌이는 이야기를 자전소설로 형상화한 김중혁은 〈펭귄뉴스〉, 〈악기들의 도서관〉, 〈엇박자 B〉 등에서 음악 및 대중문화 코드를 작품 속에 적극 활용해 소설적 입지를 굳히고 있는 젊은 작가이다. 〈미림아트시네마〉를 쓴 김경욱은 영화의 제목을 차용해 쓰거나─영화 〈바그다드 카페〉를 패러디한 〈바그다드 카페에는 커피가 없다〉─, 영화 주인공 또는 배우를 소재나 제목으로 삼을 정도로─〈장국영이 죽었다고?〉─ 작가의 원체험이 역사나 가난 또는 가족의 트라우마가 아닌 영화, 곧 시네마 키드임을 정직하게 보여준다.

삶의 특정한 시기는 종종 구체적인 어떤 거리의 풍경으로 기억되곤 한다.

(중략) 미림극장. 그의 기억 속 녹두거리 끝에는 미림극장이 자리잡고 있다. 신림 사거리에서 관악산 방면으로 들어오다 보면 시흥 쪽으로 나가는 갈림길이 나타난다. 그 분기점 귀퉁이에 있는 건물 지하에 미림극장이 있었다. (중략) 아무 일도 일어나지 않는 주말이면 그는 미림극장에 갔다.

김경욱, 〈미림아트시네마〉, 《자전소설 1 – 축구도 잘해요》

방현석, 김중혁, 김경욱 등의 작품들이 정직한 작가 후기의 계보를 보여주는 예라면, 정영문의 〈파괴적 충동〉, 박민규의 〈축구도 잘해요〉, 김사과의 〈매장埋葬〉 등은 정직과는 가능한 한 다른 포즈, 즉 사람, 장소, 사건 같은 것으로, 그들의 여느 소설들처럼 허구의 형식을 따라 자전소설을 쓸 뿐이다. 김경욱이 소설 속에 호출하는 어느 거리 또는 어느 도시는 21세기 한국 소설계의 앙팡 테리블인 김사과에게는 사뭇 다른 시각과 정서로 제시되고, 내용에 있어서나 형식에 있어서 이 시대 최고의 스타일리스트인 박민규는 1968년 자신이 태어난 해에 죽은 마릴린 먼로를 전생前生의 연緣으로 등장시킨다.

그것은 이렇게 시작한다. 약기운이 돌기 시작할 때 우리는 바스토우 어딘가 사막 가장자리에 있었다. 혹은 이렇게 시작한다. 앨리스는 언니와 함께 강둑에 앉아 아무것도 안하고 있는 것이 매우 지루해지기 시작했다. 혹은 이렇게 시작된다. 미국식 아침식사를 먹는다. 잘게 썬 양배추와 토마토, 두툼한 고기패티를 흰빵에 얹는다. 기름진 것을 먹는다. 탁자 위에 가지런히 놓인 둥근 접시들, 올리브, 베이컨, 피클과 캠벨사의 깡통 수프, 그것들의 다른 이름은 서울이다. 서울은 카길사의 소고기패티를 넣은 흰 밀가루빵이며 그것의 다른 이름은 지옥이다.

김사과, 〈매장〉, 《자전소설2 - 오, 아버지》

1. 뜨거운 것이 좋아

전생前生엔 마릴린 먼로였다. 사정이 그런 만큼, 우선 이야기는 마릴린 먼로에서부터 시작된다. 그래야 한다는, 생각이다. 사정을 알고 난 당신의 생각도 나와 같을 것이다. 모든 이야기엔 절차란 게 필요한데, 이런 경우에 있어선 더더욱 그러하다. (중략) 누구나 자신의 전생을 알고, 이해해야 할 때가 온 것이다. 차마 좋은 시절을 위하여, 나는 이 이야기를 시작한다. 당황은 금물, 세계의 시즌은 달라졌고 우리는 변이變異한다.

박민규, 〈축구도 잘해요〉, 《자전소설1-축구도 잘해요》

일본에는 오래전부터 사소설私小說이라는 소설적 전통이, 프랑스에는 자전소설이라는 글쓰기 범주가 하나의 미학으로 자리 잡고 있다. 한국 소설계에서는 이 둘을 융합한 성격으로 1990년대 초 《현대소설》이라는 소설 전문 계간지에서 '자전적 사소설'이라는 새로운 코너를 선보이기도 했다. 윤후명의 〈협궤열차에 관한 한 보고서〉, 필자의 〈이야기, 떨어지는 가면〉 등 2년여에 걸쳐 많은 작가들이 '자전적 사소설'을 발표한 적이 있다. 지금 소개한 네 권의 《자전소설》 시리즈에 수록된 42편의 작품들은 계간 《문학동네》의 '젊은 작가 특집'에서 마련한 작가의 '자전소설' 코너에 실린 작품들과 《창작과비평》에 발표된 자전소설들이다.

문학평론가 김윤식은 자전소설의 정체성을 제기하면서, 슬쩍 작가들의 대변자의 자리로 이동해 답을 제시한다. 그는 세상이 '자전소설이란 그냥 소설에 지나지 않는다'고 우기는 작가들로 가득 차 있다고 전한다. 예를 들어 "소설가는 자기의 생활이라는 집을 부수어 그 돌로 소설이라는 집을 짓는다"라고 말하는 밀란 쿤데라나, "어떤 전기 작가도 내 생활의 비밀을 엿볼 수 없다"는 블라디미르 나보코프의 육성을 통해, 그들의 주장 밑바닥에는 '작품=전기'라는 등식이 알게 모르게 깔려 있음을 주지시킨다. 문학평론가 신수정은 김윤식의 우회적인 전언을 '세상의 모든 소설은 자전소설이다'라는 경구로 요약한다. 일찍이 소설 이론가 르네 지라르는 소설의 정체를 '낭만적 거짓과 소설적 진실'로 묘파해낸 바 있다. 고해성사(소설적 진실)냐, 사기(낭만적 거짓)냐! 그것이 어떤 형식을 취하든 자전소설은 작가에게 소설이 시작되는 원체험이자 소설이 끝나는 길에서 다시 처음으로 돌아가는, 소설의 모든 것이 저장되어 있는, 소설의 성소聖所인 셈이다. '자전소설'이라는 작가들의 진실 게임에 동참하면서 세계를 주체적으로 바라본다면, 진솔하면서도 유쾌한 삶을 열어나갈 수 있지 않을까.

방현석, 〈밥과 국〉, 《문학동네 38호》, 문학동네, 2004 봄
김경욱, 《누가 커트 코베인을 죽였는가》, 문학과지성사, 2003
김중혁, 《악기들의 도서관》, 문학동네, 2008
박민규, 《더블- side A》, 창비, 2010
김사과, 《영이》, 창비, 2010
김경욱 외, 《자전소설 1-축구도 잘해요》, 강, 2010
전경린 외, 《자전소설 2-오, 아버지》, 강, 2010
방현석 외, 《자전소설 4-20세기 이력서》, 강, 2010

역사에 담긴
자전가족서사의 표정

아니 에르노, 《남자의 자리》, 《한 여자》

프랑스, 노르망디, 루앙.
루앙대학교 문학부 출신인 아니 에르노가 있었고,
귀스타브 플로베르와 기 드 모파상의 족적이 새겨져 있는 유서 깊은 도시.

에르노는 소설의 본령인 픽션을 거부하고,

개인적 체험을 집요하게 파헤치며 적나라하게 드러내는 글쓰기를 통해

사회화하고, 역사화하는 창작관을 일관되게 고수해왔다.

❋   프랑스의 여성작가 아니 에르노의 출세작
《남자의 자리》는 이렇게 시작한다. "나는 리옹의 크루아루스 지역에
있는 한 고등학교에서 중등 교원 자격 실기 시험을 치렀다." 이 소
설의 원제는 'La place', 한국어로는 '자리'라는 뜻이다. 1988년 한국
에 처음 번역 소개될 때의 제목은 '아버지의 자리'. 2012년에 새롭게
출간되면서 '아버지'가 '남자'로 바뀌었다. '아버지'에 초점을 둔 것
은 소설을 이끌어가는 서사의 대상 인물인 아버지를 전면에 내세운
것이었다. '아버지'에서 '남자'로 대체된 것은 작가의 뜻에 따른 것
이다. 작가는 개인의 사적인 영역을 도드라지게 내세우는 한국어판
제목에 동의하지 않았다는 후문. '남자의 자리'라고 함은 작가의 아
버지를 가리키는 동시에 인류 보편적인 '남자'의 영역으로 존재성
을 복원시키는 것. 어떤 자리든 이 작품은 아버지 이야기이다. 프랑
스 문단은 이 짧은 중편소설에 르노도 상을 안겨주었고, 그에 힘입
어 에르노는 프랑스 대표 작가로 입지를 굳혔다. 작가는 아버지에
이어 5년 뒤 어머니 이야기를 썼다. 《한 여자》가 그것이다.

어머니가 4월 7일 월요일에 돌아가셨다. 퐁투아즈 병원에서 운영하는 노인 요양
원에 들어간 지 두 해째였다. 간호사가 전화로 알려 왔다. "모친께서 오늘 아침,
식사를 마치고 운명하셨습니다." 10시쯤이었다.

아니 에르노, 《한 여자》

흥미로운 것은, 이 소설의 첫 대목을 읽으면 자연스럽게 알베르
카뮈의 《이인》의 그것이 떠오른다는 점이다.

오늘 엄마가 죽었다. 아니, 어쩌면 어제인지도 모른다. 양로원에서 전보가 왔다. "모친 사망. 명일 장례. 삼가 조의." 이건 아무런 의미가 없다. 아마도 어제였을 것이다.

알베르 카뮈, 《이인》

10년에 한 번 또는 한 세기에 한 번 나오는 문제작들은 이후 세대의 중요한 정전正典이 된다. 정전을 뜻하는 'Canon'은 처음 고대 그리스의 '자[尺]'에서 유래된 용어대로 새로이 출현하는 작품에 대한 가치 기준 즉 척도尺度가 된다. 작가들은 선배의 빛나는 유산을 의식하고 비교하며 새로운 영역을 확장해나가는 족속이니, 그들이 생산하는 작품이 실험적일수록 평가 잣대가 될 만한 정전의 여부가 중요하다. 이러한 일련의 과정을 '정전 형성'이라 부른다. 셰익스피어의 《햄릿》이나 알베르 카뮈의 《이인》처럼 비평가와 작가 들이 반복적으로 참조하고, 학교 교과과정으로 채택하고, 일반 대중들에게 끊임없이 그 존재와 가치를 환기하는 것이 곧 정전 형성의 과정이 된다. 소설의 소임은 새로운 미학, 즉 문체의 창출과 새로운 인간형의 창조에 있다. 에르노는 첫 문장을 쓰면서 카뮈의 《이인》을 잠시 떠올렸거나 아니면 의식하고 썼을지도 모른다. 얼마든지 가능하다. 그런데 에르노가 연상을 했건 의도를 했건 《한 여자》는 결정적으로 카뮈의 《이인》으로부터 분리되는데, 그 이유는 작가의 창작관, 곧 자전가족서사에서 비롯된다.

이것은 쉽지 않은 시도이다. 내게 어머니는 이야깃거리를 가지고 있지 않다. 어머니는 늘 거기 있었다. 어머니에 대한 이야기를 여는 첫 행위는 시간의 관념에서 벗어난 이미지들 속에 어머니를 고정시키는 것.

아니 에르노, 《한 여자》

추억을 시적으로 꾸미는 일도, 내 행복에 들떠 그의 삶을 비웃는 일도 있어서는 안 될 것이다. 지금 자연스럽게 떠오르는 것은 단순하고도 꾸밈없는 글이다. 과거 내가 부모님에게 편지를 쓸 때 핵심적인 내용들을 알리기 위해 사용했던 바로 그런 글 말이다.

아니 에르노, 《남자의 자리》

에르노는 데뷔작인 《빈 장롱》부터 대표작 《남자의 자리》, 그리고 1990년대 프랑스 문단의 최대 화제작 중 하나인 《단순한 열정》, 《탐닉》에 이르기까지 '직접 체험하지 않은 허구를 쓴 적은 한 번도 없고 앞으로도 그럴 것이다'라고 밝힐 정도로 자전소설의 한 경지를 이루었다. 에르노는 소설의 본령인 픽션을 거부하고, 개인적 체험을 집요하게 파헤치며 적나라하게 드러내는 글쓰기를 통해 사회화하고, 역사화하는 창작관을 일관되게 고수해왔다.

《남자의 자리》는 노르망디 루앙 근처의 작은 마을 이브토의 식료품점 딸이 대학 교육을 받고, 그를 토대로 부르주아 남자와 결혼함으로써 사회적 신분 상승을 이루어 부르주아 가족의 일원이 된 뒤, 아버지의 장례식을 치르며 자신의 근원을 추적해나가는 내용을 토대로 한다. 담담한 필치로 힘들이지 않고 써 내려간 듯하지만, 이 소설에는 노동자계급의 부모를 둔 여자의 하이퍼거미

Hypergamy(결혼을 통한 신분 상승)라는 사회학적 계급 이동이 개입되어 있다. 이 작품을 비롯하여 그녀의 초·중기 작품들은 가족을 중심으로 한 자전가족서사의 계보를 형성하고 이후 가족 이야기가 끝나는 시점부터 정념이 가족의 자리를 차지한다. 1991년에 발표된《단순한 열정》은 소설이냐 아니냐로 프랑스 독서계를 뜨겁게 달궜고, 2001년에 발표된《탐닉》은《단순한 열정》의 모티브가 된 일기를 모은 글(소설이라고 불러야 할까?)로 또 한 번 격론을 유발했다.

1989년 11월 16일, 나는 파리 주재 소련 대사관에 전화를 걸었다. S를 바꿔달라고 했다. 교환원은 아무 대답도 하지 않았다. 긴 침묵이 흐른 후 여자 목소리가 들렸다. "S씨는 어제 모스크바로 떠났습니다." 나는 곧바로 수화기를 내려놓았다. 언젠가 이미 이 말을 전화로 들어본 듯한 느낌이었다. (중략) 3년 반 전, 내 어머니의 죽음을 통보받았던 때가 떠올랐다. 병원 간호사가 말했다. "당신 어머니는 오늘 아침식사 후 세상을 떠났습니다."

아니 에르노, 《탐닉》

날것 그대로의 글을 발표하거나 읽는다는 것에는 일종의 용기와 인내가 필요하다. 에르노가 2000년대 벽두에 발표한《탐닉》은 베를린 장벽이 무너지기 전 파리에서 만난 소비에트연방 외교관과의 불같은 사랑을 일기 형식으로 기록한 것이다. 원제는 'se perdre'으로 '사라짐' 또는 '소멸' '상실'로 옮길 수 있다. 제목 그대로 3년간 불붙고, 타오르고, 꺼져 재처럼 사라지는 과정을 온전히 담았다. 목차인 〈서문〉과 〈1988년〉, 〈1989년〉, 〈1990년〉의 그와 관계된 내용 일체가 곧 소설인 것이다. 에르노가 '체험하지 않은 허구는 일절 쓰지 않는다'라고 선언하듯 말했음을 이미 언급했다. 여기에서 창작자라면, 더불어 창조적인 독자라면 선언의 너머, 작가의 말대로 '내적 필요'를 간파해야 한다. 그런 경우에만 '체험한 것은 모두 소설이 된다'라는 함정에서 벗어날 수 있다. 그녀가 자전소설의 한 경지를 이루기까지 개인의 체험을 사회화하고 역사화한 것을 잊으면 안 된다.《탐닉》에 담긴 3년간의 기록은 곧 동구권의 소멸 전·중·후를 대상화한 것이다. 일기가 아닌 작품의 경우, 무수한 일상의 소재들 중 작가가 선택한 것들(인물, 환경·시기, 사건)의 구성이 절대적이다. 에르노의 자전가족서사와 자전정념서사는 모두 이 법칙에서 철저하다.

> 그는 나를 자전거에 태워 학교에 데려다 주곤 했다. 빗속에서도 땡볕 속에서도 저 기슭으로 강을 건네주는 뱃사공이었다.
> 그를 멸시한 세계에 내가 속하게 되었다는 것, 이것이야말로 그의 가장 큰 자부심이요, 심지어는 그의 삶의 이유 자체였는지도 모른다.

아니 에르노, 《남자의 자리》

다시 원점으로 돌아와서, 아버지 이야기인 《남자의 자리》는 1982년 11월에서 1983년 6월까지 쓰인 글이다. 작가는 작품의 마지막 방점을 이 기간을 알리는 것으로 대신했다. 오노레 드 발자크가 초기 소설(《나귀 가죽》,《루이 랑베르》)에서 흔히 사용한 방식이다. 이는 '체험한 것만을 쓴다'라는 에르노의 고백, 아니 선언에 그치지 않는 또 한 가지 의미심장한 대목을 제시한다. 체험한 것을 쓰되, 조금 더 전문적으로 말하면, 체험한 것 중에 적절한 것을 간추려 쓰면서도 창작자의 가치관과 미학관, 세계관을 담아야 한다는 것이다. 이 세 가지 관점 중 미학관은 개인의 타고난 감각, 전통과의 연계 능력에 기초한다. 곧, 위대한 선배 작가들이 남긴 소설의 전통(정전, 계보)에 자신의 새로움(미래)을 거는 것이다. 그런 의미로 보면, 서두에서 카뮈의 《이인》과의 연계를 점검한 것처럼 그녀의 작품에서 발자크, 플로베르 등의 유산을 확인하는 일은 어렵지 않다. 그녀의 대표작 중 하나인 《단순한 열정》에서 동향의 거장 귀스타브 플로베르의 〈단순한 마음〉의 제목을 차용했음을 짐작할 수 있다.

　해 아래 새로운 것은 없다. 자신이 흠모하는 작가와 작품이 어느덧 자신의 문장 속에 스며드는 것은 자연스러운 일이다. 이러한 현상을 르네 지라르는 '낭만적 거짓과 소설적 진실'이라는 멋진 말로 정리했다. 휴가를 떠날 때 배낭 속에 《남자의 자리》나 《한 여자》, 아니면 《단순한 열정》이나 《탐닉》을 한두 권 넣어보면 어떨까. 자전가족서사가 필요다면 전자가, 정념의 처음과 중간, 끝을 경험하고 싶다면 후자가 맞춤하다.

아니 에르노, 《탐닉》, 조용희 옮김, 문학동네, 2004
알베르 카뮈, 《이인》, 이기언 옮김, 문학동네, 2011
아니 에르노, 《남자의 자리》, 임호경 옮김, 열린책들, 2012
아니 에르노, 《한 여자》, 정혜용 옮김, 열린책들, 2012

혁명을 둘러싼
역사적 사실과 소설적 진실

찰스 디킨스, 《두 도시 이야기》

영국, 런던, 옥스퍼드 스트리트.
엘리자베스 즉위 60주년 깃발이 나부끼는 피카딜리 서커스 방향의 런던 도심.

런던이나 파리를 무대로 쓰인 소설은 무수히 많다.

그러나 이 두 공간을 넘나들며 비교를 통해 차이를

명료하게 각인시키는 소설은 찰스 디킨스의 《두 도시 이야기》가 독보적이다.

대양大洋의 나들목인 해협을 사이에 두고 위치한 영국과 프랑스 두 나라의 역사는 가까운 만큼 서로 치열하고, 치열한 만큼 위협적인 양상을 보여왔다. 이러한 긴장 관계는 두 나라의 상이한 민족성과 공간성으로부터 첨예하게 갈라지는데, 19세기 산업혁명의 총아인 런던과 19세기 세계 예술의 수도였던 파리는 여러모로 비교 대상이 되어왔다. 영국 작가 찰스 디킨스는 런던과 파리를 소설의 무대로 호명하고 프랑스 혁명기를 시간적인 배경으로 하여, 거대 역사의 그물에 잡히지 않는 미시적인 민중들의 삶을 촘촘히 복원함으로써 역사의 파수꾼을 자처한다. 1859년에 출간된《두 도시 이야기》가 그것이다. 우선 런던.

> 11월의 어느 금요일 밤, 이 이야기와 관련이 있는 첫 번째 인물 앞에 도버 대로가 펼쳐져 있었다.
>
> (중략) 움푹 꺼진 땅마다 증기 같은 안개가 서려 있었다. 안개는 안식할 곳을 찾지 못한 악한 영혼처럼 쓸쓸하게 언덕을 배회했다. 축축하고 몹시 차가운 안개는 바다의 불길한 파도처럼, 대기 중에서 잔물결을 지어 서서히 움직이다 다른 증기들을 뒤덮었다. 안개가 워낙 짙어서 마차의 불빛이 비추는 거라고는 이런 안개의 움직임과 몇 야드 앞 길뿐이었다.
>
> 찰스 디킨스, 《두 도시 이야기》

소설 초반부의 이 짧은 묘사는 북대서양 섬나라의 수도 런던의 지리적인 특성에서 기인하는 안개와 해협 특유의 불안정한 파고, 그리고 1930년 산업혁명의 시발지인 리버풀에서 런던을 잇는 대류 횡단 열차가 뿜어내던 기관차의 증기 이미지를 모두 아우르고 있다. 다음은 파리.

떨어져서 깨진 커다란 포도주 통이 거리에 나뒹굴었다. 수레에서 술통을 내리다 사달이 난 것이었다. 떨어진 포도주 통이 떼굴떼굴 구르면서 통을 묶은 고리가 터지고 술집 문 앞 돌멩이에 부딪쳐 호두 껍데기처럼 산산조각이 났다.

(중략) 쏟아진 적포도주는 파리 생탕투안 교외의 좁은 거리를 붉게 물들였다. 그뿐만 아니라 많은 사람의 손과 얼굴, 헐벗은 발과 나막신까지도 물들였다.

(중략) 멀대같이 키가 큰 익살꾼은 포도주가 스며든 진흙을 손가락에 묻혀 벽에 낙서를 했다. 피.

찰스 디킨스, 《두 도시 이야기》

역시 소설 초반부 파리에 대한 묘사는 파리와 프랑스다운 특징을 의미심장한 몇 개의 단어(기호)로 잘 드러내고 있다. 우선 포도주를 일상적으로 마시는 민족답게 파리라는 공간과 프랑스인(마네트 박사와 그 딸, 그 딸의 남편인 다네이 등)이 등장할 때면 반드시 포도주가 함께한다. 그리고 시민의 힘으로 폭정의 전제군주와 귀족계급을 타파한 프랑스혁명을 향해 치닫는 공간적 배경으로 생탕투안 거리가 배치된 점이다. 생탕투안 거리는 당시에는 파리 외곽으로, 바스티유 감옥과 지척에 위치해 있었다. 현재 바스티유는 신오페라극장으로 탈바꿈했고, 그 앞 광장에는 혁명을 기리는 탑이 세워져 자유의 여신이 탑신 끝에서 창공을 향해 황금빛 날개를 펼치고 있다.

장작 따위를 재어놓으려고 만든 다락은 어두침침했다. 지붕창은 사실상 지붕에 낸 문이었고, 거리에서 물건을 매달아 끌어올리는 작은 크레인이 달려 있었다. 게다가 프랑스 건축물의 여느 문처럼 유리도 없이 두 쪽으로 나뉘어져 가운데에서 접히게 되어 있었다. (중략) 문에서 등을 돌린 채, 술집 주인이 서서 바라보는 창문 쪽으로 얼굴을 향한 백발노인이 낮은 걸상에 앉아 허리를 구부리고 바쁘게 구두를 짓고 있었다.

찰스 디킨스, 《두 도시 이야기》

이 대목은 생탕투안의 드파르주 술집 옆 골목에 있는 다락방 어둠 속에서 구두를 짓고 있는 백발의 사내를 처음 등장시키는 대목이다. 영화의 카메라 기법처럼 전체에서 부분으로 초점화하는 서술이 전개되고 있다. 소설의 주요 인물들을 살펴보면 다음과 같다.

스포트라이트를 받은 인물은 이 소설을 작동시키는 몇몇 중요한 인물들 중 한 명인 마네트 박사인데 이 장면에서 마네트 박사와 그를 찾아간 술집 주인 드파르주 외에 두 명이 문간에 서 있다. 런던의 텔슨 은행원 자비스 로리와 갓 낳았을 때 헤어지고 망각된 마네트 박사의 딸 루시가 그들이다. 마네트 박사는 보베 출신의 전직 의사이다. 자기도 모르는 아주 사소한 일에 연루되어 18년 동안 생탕투안 옆 감옥에 갇혀 있었다. 로리의 도움으로 극적으로 런던으로 옮겨왔으나, 정신적인 외상을 깊게 입은 상태. 드파르주는 마네트의 옛 하인으로 생탕투안의 술집 주인이자, 감옥 같은 다락방을 찾아와 말을 거는 유일한 방문자였다. 그는 로리와 딸 루시에게 마네트 박사를 인도하고, 훗날 '자크(자크리의 난을 지칭해 익명의 민중들을 일컬음)'들을 모아 바스티유 감옥 습격의 선봉장이 된다. 루시는 마네트 박사가 감옥에 갇힐 무렵 태어난 딸이다. 마네트 부인은 어린 딸을 남기고 일찍 눈을 감으면서 아버지가 죽은 것으로 유언해서 그렇게 알고 성장했다. 루시는 로리와 함께 파리로 가서 아버지를 모시고 런던으로 와 극진하게 간호한다. 독신의 로리는 은행원으로 마네트의 재산을 관리하는 사무적인 직원의 역할이나, 마네트 부녀의 삶에 깊이 연루되면서 신뢰와 애정으로 그들과 함께한다. 로리는 장대한 서사 흐름에서 이들 부녀 삶의 증인으로서 방향키 역할을 하는가 하면 균형추 역할을 하기도 한다.

> 박사의 딸은 (중략) 보잘것없는 걸로도 그럴듯한 것을 만들어내는 데 천부적인 재주를 갖고 있었다. 그 점은 프랑스인의 가장 유용하고 훌륭한 특징이었다.
>
> (중략) 세 번째 방은 박사의 침실이었다. 침실 귀퉁이에는 파리 생탕투안의 선술집 옆 음침한 건물 오 층 다락에서 가져온 사용하지 않은 구두공의 걸상과 연장 통이 놓여 있었다.
>
> (중략) 로리 씨가 둘러보다 말고 말했다.
>
> "고통스러운 과거가 떠오를 텐데, 이런 물건을 그대로 두다니!"
>
> 찰스 디킨스, 《두 도시 이야기》

다네이는 마네트 부녀와 로리가 도버 해협을 건너는 배 안에서 처음 만난 청년이다. 프랑스 귀족의 삶에 혐오를 느껴 런던으로 떠나 가명으로 살며 고급 프랑스어 교사이자 번역자와 통역자로 성공한 인물이다. 그는 마네트처럼 자유의지로 조국 프랑스를 떠나 런던에 와 살고 있다. 그런데 다네이라는 존재는 '아버지와 딸의 극적인 상봉과 그 후 삶'의 전개에서 파국을 견인하는 문제적 인물이다. 마네트 부녀는 처음 도버 해협을 건너는 배에서 우연히 만난 이후 결혼에 이르는 과정까지 다네이에게 깃들어 있는 생의 비밀을 모른다. 다네이는 프랑스에서의 샤를 돌네(곧 찰스 다네이), 바로 마네트 박사의 삶을 송두리째 뽑아버린 악명 높은 에브레몽드 후작의 조카이자 상속자였다. 이런 관계 설정은 서사 후반의 파국을 예비한 것이다.

"찰스, 내 딸을 어서 데려가게! 이젠 자네 사람이야!" 루시는 마차에 올라 떨리는 손을 흔들며 차창으로 작별 인사를 했다. 이윽고 마차가 떠났다.

(중략) 로리 씨는 박사의 방으로 걸어가다가 무엇인가를 두드리는 낮은 소리가 들려오자 걸음을 멈췄다.

"맙소사!" 그는 놀라서 중얼거렸다.

(중략) 그때 미스 프로스가 놀라서 외치는 소리가 들렸다. "오, 이런, 세상에! 모든 게 헛수고가 되었어!" 그녀가 맞잡은 두 손을 비틀어대며 외쳤다. "아가씨에게 뭐라고 하지? 박사님이 나를 몰라보고 구두를 지으시네!"

찰스 디킨스, 《두 도시 이야기》

《두 도시 이야기》는 마네트 부녀와 로리, 하녀 프로스, 라이벌 관계인 다네이와 카턴, '자크'로 지칭되는 프랑스 민중의 선봉장인 술집 주인 드파르주와 그 아내의 이야기가 톱니바퀴처럼 맞물려 돌아간다. 찰스 디킨스는 행위 위주로 사건과 인물의 심리를 전달하는 서사 기법을 고안해 구사하고 있는데, 장면마다 마치 영화를 보고 있는 듯 생생해서 적지 않은 분량을 단숨에 읽는 데 효과적이다. 또한 인물의 성격과 소임을 파악하도록 배치한 사물과 행위가 인상적이다. 마네트 박사의 불행한 과거이자 트라우마를 상징하는 구두 짓기, 그리고 드파르주 부인의 한결같은 뜨개질이 그것이다. 드파르주 부인은 술집 귀퉁이에서도 거리에서도 광장에서도 뜨개질을 멈추지 않는다. 그녀의 뜨개질은 혁명의 물결에 합류하고 휩쓸리는 수많은 익명의 이름과 행적들을 뜨개바늘로 촘촘히 짜고 증언하는 수단이다.

> 오후에 왕과 여왕의 마차를 구경하려고 인파 속에서 기다릴 때도 손에서 뜨갯감을 놓지 않는 부인을 보고 있자니 더욱 마음이 뒤숭숭했다.
> (중략) "무엇을 뜨십니까, 부인?"
> "여러가지요."
> "예를 들면."
> "예를 들면." 드파르주 부인이 침착하게 말했다. "수의 같은 거요."
>
> 찰스 디킨스, 《두 도시 이야기》

런던이나 파리를 무대로 쓰인 소설들은 무수히 많다. 찰스 디킨스의 《올리버 트위스트》, 버지니아 울프의 《댈러웨이 부인》이 런던을 무대로 한 대표적인 소설들이라면, 오노레 드 발자크의 《고리오 영감》, 귀스타브 플로베르의 《감정 교육》, 빅토르 위고의 《레 미제라블》은 파리 탐구서라고 할 정도로 그 공간이 소설 속에 세밀하게 살아 있다. 그러나 이 두 공간을 넘나들며 비교를 통해 차이를 명료하게 각인시키는 소설은 찰스 디킨스의 《두 도시 이야기》가 독보적이다. 소설가는 역사적인 사실을 취사선택하여 자신의 작품 의도에 맞게 우선순위와 강약을 조절하고 필요에 따라서는 깡그리 배제하고 누락된 이면의 속살을 들추어 보인다. 프랑스혁명을 이야기할 때 거론되는 대문자의 고유명들이 찰스 디킨스의《두 도시 이야기》에는 등장하지 않는다. 서민들의 삶을 바닥에서 온몸으로 체현한 찰스 디킨스 소설만의 특장이다. 역사적 사실과 대비된 소설적 진실이 깊은 여운을 남긴다.

찰스 디킨스, 《두 도시 이야기》, 이은정 옮김, 펭귄클래식코리아, 2012

이야기의 한 형식,
암시의 묵시록

이기호, 《김 박사는 누구인가?》

오스트레일리아, 시드니, 미시즈 맥쿼리 포인트
누군가는 읽고, 누군가는 쓴다. 독서란 작가가 일방적으로 전달하는 이야기를 좇는 것이 아니라
작가가 배치해놓은 이야기의 틈으로 들어가 공명하는 행위이다.

이기호는 누구나 겪는 일상의 파편(이야기)들을 취사선택해

자기만의 방식으로 배치(디자인)함으로써 이야기마다

고유성을 부여하는 데 탁월한 감각과 재능을 가지고 있다.

세상에 소설가는 많으나 이야기에 능한 소설가는 많지 않다. 이야기꾼에게는 대개 '천부적'이라는 수사가 부여되는데, 국내 작가로는 황석영·박완서·김소진·성석제, 국외 작가로는 영국의 로알드 달과 아프가니스탄계 미국 작가 할레드 호세이니, 그리고 중국의 위화 등이 그들이다. 소설의 근간이 이야기라는 것은 주지의 사실이다. 작가마다 태생과 기질이 다르듯 이야기를 구사하는 방법 또한 다양하다. 세상의 셀 수 없이 많은 소설가가 지금 이 순간에도 소설을 쓰고 있지만 그 어떤 작품도 똑같지 않은 이유가 여기에 있다. 소설가의 능력은 세상에 널린 수많은 이야기들에서 작품이 될 만한 소재를 선택하는 안목과 이것을 전달하는 방법에서 가늠이 된다. 《최순덕 성령충만기》, 《갈팡질팡하다가 내 이럴 줄 알았지》, 《사과는 잘해요》, 《김 박사는 누구인가?》 등을 출간한 이기호는 바로 '소재 선택'과 '다채로운 화법 창출' 면에서 2000년대 한국 작가군 중 유력한 존재이다.

> 왔어 왔어, 그녀가 왔어, 나를 찾아왔어, 사무실로 왔어, 우릴 보러 사무실로 왔어, 그녀의 매니저도 왔어, 좆나리 멋진, 크라이슬러 미니 밴을 타고 왔어, 매니저의 양아치들도 함께 왔어, 왔어 왔어, 그녀가 왔어, 그녀가 우리, 보도방에 왔어, 육 개월 만에 왔어, 자신을 지우러, 지우러 왔어, 신참 계집애들은 신났지, 가수가 왔다고, 신이 나서 환장해, 신이 나서 소리, 하지만 그녀는 차에서 안 내려,
>
> 이기호, 〈버니〉, 《최순덕 성령충만기》

이야기는 인간의 본능에 관계된다. 누구나 이야기를 듣고 싶

어 하고, 또 하고 싶어 한다. 이기호는 인간의 이러한 호모나랜스 Homonarrans(이야기하는 사람)적인 기실을 다양한 서사체를 통해 실험한다. 위 인용의 첫 대목인 데뷔작 〈버니〉 등 첫 소설집 《최순덕 성령충만기》에 수록된 단편들에서 이야기하기의 기술을 다채롭게 펼쳐 보인다. 랩의 형식을 빌린 〈버니〉의 '랩체'를 비롯하여 성서의 2단 편집과 번역된 의고擬古투를 차용한 〈최순덕 성령충만기〉의 '싱서체'가 대표적이다.

1 하나님의 종 하나님의 의인 최순덕에게 내린 성령의 감화 감동 이야기라 이곳에 하나의 보탬과 빠짐없이 기록하노니

2 이는 대저 믿는 자에게 내린 성령 충만의 산 역사요 증거더라

3 서울 땅 아현동에 스물두 살 된 처녀가 한 명 살았으니 그 이름이 최순덕이더라

4 순덕은 이미 그 어미 뱃속에서부터 하나님의 규례대로 흠 없이 산 자이니 성경으로 글자를 배우고 회당을 놀이터 삼아 자라난 자이더라

이기호, 〈최순덕 성령충만기〉, 《최순덕 성령충만기》

이처럼 이기호는 첫 소설집에서 신인 작가에게 통과의례처럼 주어지는 새로움의 존재 증명을 충만한 이야기성을 바탕으로 한 다채로운 문체 실험으로 치렀고, 이후 두 번째 소설집 《갈팡질팡하다가 내 이럴 줄 알았지》와 장편 《사과는 잘해요》를 통해 21세기 한국소설계에서 하이브리드 문체를 구사하는 이야기꾼으로까지 명명되며 입지를 다지고 있다. 그 결과 새로운 작품을 발표할 때마다

이야기꾼의 재능에 그치지 않는 문체 실험자의 역할을 계속해왔는데, 소설집 《김 박사는 누구인가?》는 꾸준하게 문체를 궁구하고 고안해온 그의 면모를 한눈에 확인할 수 있게 해준다.

첫번째 Q&A

Q : 김 박사님, 안녕하세요? 저는 이제 막 사범대학교를 졸업한, 올해 스물네 살이 된 임용고시 재수생입니다. 이름은 그냥 최소연이라고 해둘게요. 꽤 오랫동안 아무에게도 말하지 못한 채 끙끙거리고 있다가 이렇게 김 박사님께 펜을 들게 되었어요. (중략) 김 박사님이라면 저와 똑같은 증상을 지닌 사람들을 여럿 만나보지 않았을까, 하는 기대감으로 용기를 낸 거죠.

(중략) 김박사님,

제게 어떤 이상한 증상이 나타나기 시작한 건 지금으로부터 약 4개월 전이었어요.

(중략) 어떤 목소리가, 남들에겐 들리지 않는 목소리가 계속 제 귓전에만 들려오기 시작한 거죠. 높낮이도 없고, 감정도 없고, 성별도 모르겠고, 나이도 모르겠고, 가끔 노래방 에코처럼 여러 번 울리면서 들리는

(중략) 차마 다시 적기도 민망한, 난생처음 듣는 욕설들이었다는 것 정도만 밝혀둘게요.

이기호, 〈김 박사는 누구인가?〉, 《김 박사는 누구인가?》

〈김 박사는 누구인가?〉는 질문과 답변 형식으로만 단편소설을 완성하고 있는데, 구성을 보면 다섯 개의 'Q&A'와 '그리고 다시 Q'로 이루어져 있다. 일명, 응답(문)체 또는 상담(문)체. 최소연

의 질문에 김 박사가 응답하는 방식으로 최소연이라는 인물이 현실에서 안고 있는 문제가 노출되고, 이 사건이 전개되면서 이야기는 하나의 길(최소연의 문제)로 흐르다가 두 갈래(최소연과 어머니의 문제), 세 갈래(최소연과 어머니와 아버지의 문제)로 번져나간다. 이야기의 줄기를 하나로 모아보자면, 임용시험 재수생 최소연은 어느 날 이상한 증세, 곧 남들은 들리지 않는 욕설이 귀에 들리고 울리는 현상으로 괴로워하는데, 그것의 진원지는 교사로 반듯한 말만을 해온 어머니였고, 어머니가 평소와는 다른 모습으로 학교 운동장 벤치에 앉아 내뱉은 욕설의 진원지는 아버지였음을 추적해가는 과정이다.

> 어머니 또한 상처받은 영혼이 분명합니다. 오래전, 어머니가 학교 운동장에서 수첩을 들여다보며 욕을 했을 땐, 다 그만한 이유가 있었을 겁니다. 그것이 치유되지 않고 붕대에 감겨 있다가, 최소연 씨로 인해 다시 세상에 삐죽, 튀어나온 것일 겁니다. 어쩌면 그것은 어머니의 의사와는 무관하게 튀어나온 것일지도 모릅니다. (중략) 누군가의 마음을 헤아려보는 일, 그것만큼 자기 자신을 치유하는 데 좋은 일은 없을 겁니다. 보다 정면으로 어머니를 바라보시길 바랍니다.
> 이상, 김박사였습니다.
>
> 이기호, 〈김 박사는 누구인가?〉, 《김 박사는 누구인가?》

이야기는, 인류의 흐름과 똑같이, 스스로 증식되려는 성향을 지니고 있기 때문에 작가는 이야기를 어떤 그릇에 얼마나 담을 것인가를 선택해야 하는데, 이는 호흡과 분량, 그리고 형식(플롯)의 차원에 해당된다. 〈김 박사는 누구인가?〉는 단편 양식이므로, 최소연의 Q와 김 박사의 A를 다섯 번 진행하고, 사족처럼(그러나 의미의 영역에서는 앞의 내용을 뒤엎는 의미심장한 반전) 짧게 '그리고 다시 Q'를 마지막에 얹고 있다. 독자들은 첫 번째 Q&A만 읽어도 기계처럼 이후 진행 형식을 간파하게 마련이어서 이때에는 반전의 장치가 필요하다. 이 작품에서는 최소연과 김 박사가 다섯 번 오고 간 Q&A의 순조로운 관계를 한순간에 파괴하는 '그리고 다시 Q'가 그것이다.

그리고 다시 Q

Q : 김 박사님, 김 박사님…… 김 박사님께서 해주신 이야기 잘 들었어요. 하지만 김 박사님…… 이 개새끼야, 정말 네 이야기를 하라고! 남의 이야기를 하지 말고, 네 이야기, 어디에 배치해도 변하지 않는 네 이야기 말이야!

이기호, 〈김 박사는 누구인가?〉, 《김 박사는 누구인가?》

소설은 이야기에 그치지 않은 고유한 미학이 창출될 때 작품으로서의 존재 가치를 인정받는다. 이기호는 누구나 겪는 일상의 파편(이야기)들을 취사선택해 자기만의 방식으로 배치(디자인)함으로써 이야기마다 고유성을 부여하는 데 탁월한 감각과 재능을 가지고 있다. 《김 박사는 누구인가?》에 수록된 여덟 편의 이야기에는 감각적인 재미에만 그치지 않는 작가의 성정性情(또는 인간관, 세계관이라 할 수 있다)이 배어 있다. 또한 이기호 소설의 특장인 '이야기하기'에서 나아가 '예언과 암시'가 풍부해진 것도 특징이다. 독자가 일방적으로 작가가 전하는 이야기를 좇아가는 것이 아닌 작가가 곳곳에 배치해놓은 틈으로 들어가 공명하는 묵시록이 그것이다. 1980년대 구로동 노동자로 살았던, 20년의 삶을 프라이드 자동차 한 대에 바친 삼촌의 순정을 다룬, 이 소설집의 표제작으로 삼아도 좋았을 〈밀수록 다시 가까워지는〉의 드라마가 특히 그러하다. 소설은 단순히 이야기의 도구가 아닌, 인간의 미적인 영역을 창조하고 체험하는 세계임을 이 작품은 그대로 보여준다.

나는 허리를 더 아래로 깊숙이 숙인 채, 프라이드를 밀었다. 나는 할머니의 얼굴을 보지 않으려고 노력했다. 그러면서 또 생각했다. 삼촌은 이렇게 직접 민 것 또한 노트에 적어놓은 것일까. 그렇다면 그 거리는 과연 어떻게 잴 수 있는 것일까.

이기호, 〈밀수록 다시 가까워지는〉, 《김 박사는 누구인가?》

이기호, 《최순덕 성령충만기》, 문학과지성사, 2004
이기호, 《김 박사는 누구인가?》, 문학과지성사, 2013

댈러웨이 부인과 함께하는
런던 산책

버지니아 울프, 《댈러웨이 부인》

영국, 런던, 블룸즈버리, 고든 스퀘어 가든.
버지니아 울프가 살던 고든 스퀘어 빌딩 50번지의 창가에서 내려다보이는 공원.

댈러웨이 부인이 처한 현재의 거리와 공원은

과거 어느 한때로 이어지는 시간과 공간의 통로들이다.

상상으로 런던 곳곳을 여행하고 싶다면,

댈러웨이 부인과 함께하는 소설 여행을 권한다.

❀　　　　　　　　　2013년 7월 25일 오전 열한 시, 옥스퍼드 스
트리트에서 피커딜리 서커스를 거쳐 트래펄가 광장으로 내려가는
길, 호선형의 거리 양편에 늘어선 상점들 위로 엘리자베스 여왕
즉위 60주년을 알리는 깃발들이 나부끼고 있다. 런던의 명물 빨간
2층 버스들과 시티투어 오픈버스들이 줄을 지어 펄럭이는 깃발 아
래를 지나가고, 인도에는 아침나절임에도 세계 각지에서 몰려온
여행자들로 발 디딜 틈이 없다. 나는 열 시간 전 뉴욕을 떠나 밤새
대서양을 건너 히스로 공항에 도착했고, 하이드 파크 옆 숙소에 짐
을 부려놓자마자 거리로 튀어나온 참이다. 런던행 비행기에 오르
면서, 이번에는 작정하고 웨스트민스터의 종소리가 울려 퍼지는
런던의 공원과 아침 거리를 걸어보리라 생각했었다. 댈러웨이 부
인처럼.

꽃은 자기가 사오겠노라고 댈러웨이 부인은 말했다. (중략) 얼마나 상쾌한 아침인
가. (중략) 열린 창문 앞에 서 있노라면 무엇인가 엄청난 일이 일어나리라는 느낌
이 들었다.
　(중략) 잠시 서서 피카딜리를 지나가는 버스들을 바라보았다.
　(중략) 차를 타고 공원을 가로질러 집에 가던 일. 한번은 서펀타인 호수에 1실
링 동전을 던진 것도 생각났다. 그러나 누구에게나 기억은 있는 법이다. 그녀가
사랑하는 것은 지금 여기 이것, 그녀 앞에 있는 것이었다.

버지니아 울프, 《댈러웨이 부인》

거리, 거리들

버지니아 울프가 1925년에 발표한 《댈러웨이 부인》은 1923년 6월 어느 하루 저녁 파티를 준비하려는 댈러웨이 부인과, 같은 날 전쟁 후유증으로 환각에 사로잡혀 끝내 자살로 생을 마감하는 셉티머스라는 이웃 청년의 이야기를 다루고 있다. 이 두 존재의 서로 다른 하루 행로를 런던의 거리와 공원, 빅벤의 종소리를 통해 재현한다. 댈러웨이 부인이 처한 현재의 거리와 공원은 과거 어느 한때로 이어지는 시간과 공간의 통로들이다. 그녀가 거리를 걸어가고, 신호등 앞에 멈춰 서고, 공원을 가로지르고, 벤치에 앉고, 공원을 나가는 사이 현재와 과거의 장면들이 영화의 필름처럼 돌아간다.

우린 참 바보라니까, 그녀는 빅토리아 스트리트를 건너며 생각했다. 왜 그렇게 삶을 사랑하는지, 어떻게 삶을 그렇게 보는지, 삶을 꿈꾸고 자기 둘레에 쌓아 올렸다가는 뒤엎어 버리고 매 순간 새로 창조하는지.

(중략) 지금, 이 시간에도, 점잖은 노부인들은 무슨 볼일인지 자동차를 타고 쏜살같이 지나간다. 점원들은 진열창에서 인조 보석이며 다이아몬드, 미국인들을 유혹하느라 18세기풍으로 세팅한 연푸른 바다 빛깔 브로치 같은 것들을 늘어놓느라 바쁘다.

(중략) "난 런던 거리를 걷는 게 좋아요." 댈러웨이 부인이 말했다.

버지니아 울프, 《댈러웨이 부인》

이 소설은 아일랜드 작가 제임스 조이스의 《율리시스》, 프랑스 작가 마르셀 프루스트의 《잃어버린 시간을 찾아서》와 함께 '의식의 흐름Stream of Consciousness' 기법을 구사한 20세기 모더니즘 소설로 꼽힌다. 의식의 흐름이란 '개인의 의식 속에서 감각, 상념, 기억, 연상 등이 계속적으로 흐르는 자유로움을 표현하기 위해, 여러 생각들이 합리화되기 전의 의식 상태를 드러내'는 것을 의미한다. 심리학자 윌리엄 제임스가 《심리학의 원리》에서 처음 사용하면서 파급된 심리학 용어로, 문학 특히 인간의 마음 상태를 들여다보고 다루는 소설 장르와 관계가 깊다. 의식의 흐름이 소설과 접목이 되면, 거대한 회상의 메커니즘을 통해 마치 강의 물줄기가 바다를 향해 흘러가듯이 현재와 과거, 의식과 무의식이 뒤섞이며 장면이 창출되고 서사가 진행된다. 이때 의식 속에 출몰하는 생각들을 서사로 이끌어가는 장치가 필요한데, 바로 인물을 거리로 내보내는 것이다.

《댈러웨이 부인》과 의식의 흐름 기법 면에서 쌍벽을 이루는 제임스 조이스의 《율리시스》의 경우, 방대한 분량에도 불구하고 한 문장으로 줄거리를 요약하자면 '주인공 레오폴드 블룸의 하루 더블린 거리 헤매기'이다. 《댈러웨이 부인》의 주인공 댈러웨이 부인이 저녁 파티에 쓸 꽃을 사기 위해 빅토리아 스트리트의 집을 나서서 본드 스트리트의 꽃집에 이르는 과정의 소설 전반부는 런던 템스 강 북쪽 웨스트민스터 지역의 거리 순례기라고 할 정도로 거리 명들이 수시로 출몰한다. 사정이 이러하니, 더블린이나 런던에서는 '블룸을 따라 더블린 걷기', '댈러웨이 부인을 따라 런던 걷기' 같은 프로그램이 문학 애호가들의 사랑을 받고 있다.

공원, 공원들

7월의 밤 아홉 시, 런던 블룸즈버리 고든스퀘어. 굵은 빗줄기가 어둠을 뚫고 거리에 쏟아지고 있다. 비바람에 맞서 우산 손잡이를 꽉 그러쥐고 공원 입구 안내 푯대와 마주하고 섰다. 거기, 익숙한 얼굴의 흑백사진이 빗줄기에 젖은 채 어둠 속을 향하고 있다. 다음 날 아침 열 시, 나는 다시 그곳을 찾아 그 얼굴과 마주했다. "고든 스퀘어에 오신 것을 환영합니다." 두 남녀가 그곳 공원 벤치에 앉아 있다. 챙이 넓은 모자를 쓰고 피우던 담배를 들고 있는, 도도한 듯 예민해 보이는 여인은 버지니아 울프이다. 그녀가 카메라 렌즈에 잡힌 것은 1923년 '시간들'이라는 제목으로 새로운 소설을 쓰기 시작한 때이다. 이 '시간들'은 '집에서', '파티'라는 제목을 거쳐 2년 뒤 《댈러웨이 부인》으로 출간된다. 그녀가 앉아 있던 이 고든스퀘어는 그녀가 살았던 집, 고든스퀘어빌딩 46번지 앞의 아담하고 조용한 공원이다. 나는 왜 런던 체류 닷새 중 이틀을 이 블룸즈버리의 고든스퀘어를 배회하고 있을까. 제국주의 왕조 국가 영국을 소설을 통해 비판한 지성인, 여성의 경제적 독립과 인권을 주창한 페미니즘의 선봉자로 대변되는 버지니아 울프의 글쓰기란, '정상'과 신경증이라는 '비정상' 두 세계를 줄타기하듯 아슬아슬하게 오가야 했던 쐐기풀 같은 고통으로부터 벗어나기 위한, 철저히 '자기만의 작품'이 아니던가. 하긴, 구원의 글쓰기가 아닌 작품이 세상에 얼마나 될까.

싱그러운 아침 공기를 마시며 공원 저편, 블룸즈버리 그룹의 주축인 버지니아 울프와 경제학자 존 케인스 등이 살았고, E. M. 포스터가 드나들었던 고든스퀘어 빌딩 46, 50, 51번지를 차례로 건너다본다. 햇살이 일으킨 현기증 때문인지 울프가 창문으로 내다보는 착각에 빠진다. 환청인가. 멀리 빅벤의 시종 소리도 들리는 듯하다. 신호라도 되는 양 나는 고든스퀘어의 문을 나선다. 어디로 갈 것인가. 하이드 파크? 아니면 리전트 파크!

> 그는 발길을 돌렸다. (중략) 어디로 간다지? 어디면 어때. 그럼 리전트 파크 쪽으로 좀 올라가 볼까.
>
> (중략) 찬란한 아침이기도 했다. 완벽한 심장의 고동과도 같이, 생동감이 길거리를 뚫고 지나갔다.
>
> (중략) 어렸을 때는 곧잘 리전트 파크를 거닐곤 했었다 ─이상한 일이야. 어린 시절 생각이 자꾸만 나다니. 아마 클라리사를 만났기 때문이겠지. 여자들은 우리보다 훨씬 더 과거에 살거든, 하고 그는 생각했다. 여자들은 특정한 장소에 대한 애착을 갖지.
>
> (중략) 리전트 파크는 환히 기억하고 있었다. 곧장 가는 긴 산책로, 왼쪽에는 풍선을 사던 작은 집, 어딘가 명문이 새겨져 있던 기묘한 조각상. 그는 빈자리가 있나 둘러보았다.
>
> 버지니아 울프, 《댈러웨이 부인》

런던은 크고 작은 공원이 많기로 유명하다. 이 소설에서 공원은 서사를 이끌어가는 거리들만큼이나 중요한 공간이다. 소설의 출발점인 빅토리아 스트리트는 버킹엄 궁전과 웨스트민스터와 인접한 세인트제임스 파크로 이어진다. 댈러웨이 부인과 더불어 소설의 또 다른 중심인물인 셉티머스가 주로 시간을 보내는 곳은 작가가 유년기를 보냈던 하이드 파크 북쪽의 리전트 파크이다. 그리고 댈러웨이 부인과 셉티머스를 차례대로 만나고 스치도록 등장시킨 피터 월시는 빅토리아 스트리트에서 리전트 파크까지 이동한다. 이 피터라는 인물은 30년 전, 그녀가 리처드 댈러웨이와 결혼하기 전의 첫사랑이다. 모험심이 강하고 도발적인 캐릭터인 이 인물이 인도에서 잠시 돌아와 댈러웨이 부인, 아니 클라리사를 방문하고 나오는 과정에서 소설의 회상 영역은 객관적으로 확장되면서 더욱 설득력을 갖게 된다.

소리, 소리들

거리와 공원에서 줄기차게 진행되는 여러 인물들의 상념을, 곧 의식의 흐름이라는 기법을 하나의 주제로 바로잡아주는 장치가 필요한데, 버지니아 울프가 고안해낸 방법은 웨스트민스터의 종소리이다. 정시, 15분, 30분, 45분마다 울리는 이 종소리는 끝없는 과거 회상에 빠진 인물들을 현실로 데려오는 역할을 한다. 런던 사람들이 모두 이 종소리 아래 살아가고 있는 듯, 소설의 시간과 공간을 종소리가 지배한다. 댈러웨이 부인과 셉티머스라는 두 중심 인물 사이사이 피터 월시, 루크레치아(셉티머스의 아내)는 물론 꽃집 여자, 익명의 거리 행인들까지 각자의 시점으로 서술되는데, 각자의 음색과 음역을 표출하면서 한 편의 작품 속에서 입체적으로 조화를 이루어나가는 교향악처럼 다성적인 그 울림이 절묘하다. 상상으로 런던 곳곳을 여행하고 싶다면, 댈러웨이 부인과 함께하는 소설 여행을 권한다.

웨스트민스터에 살다 보면 — 몇 년이나 되었지? 20년도 넘었어 — 이렇게 차들이 붐비는 한복판에서도, 또는 한밤중에 깨어서도, 간혹 특별한 정적 내지는 엄숙함을 느끼게 되지. (중략) 뭐라 형용할 수 없는 정지의 순간, 빅벤이 시종時鐘을 치기 직전의(독감 때문에 그녀의 심장이 약해져서 그런 거라고들 하지만) 조마조마함. 아, 마침 종이 치네! 종소리가 퍼져 나간다. 먼저 음악적인 예종豫鐘이 울리고, 이어서 시종이 친다. 돌이킬 수 없는 시간의 종소리가 겹겹이 묵직한 원을 그리며 공중으로 흩어져 간다.

버지니아 울프, 《댈러웨이 부인》

버지니아 울프, 《댈러웨이 부인》, 최애리 옮김, 열린책들, 2009

예감,
사실과 기억의 왜곡 사이

줄리언 반스, 《예감은 틀리지 않는다》

터키, 에페수스, 폐허의 고대 켈수스도서관.
돌에 새긴 흔적들.
유한한 존재인 인간은 돌, 나무, 종이 등에 자신의 흔적을 새겨놓음으로써 불멸을 꿈꾼다.

《예감은 틀리지 않는다》는 인간의 기억을 다루고 있는 동시에

피할 수 없는 시간성을 문제 삼고 있다.

❀   줄리언 반스의 신작 소설《예감은 틀리지 않
는다》를 펼치면서 깜짝 놀랐다. 누군가의 음성, 음성의 분위기, 분
위기의 수위가 고스란히 떠올라 읽는 내내 메아리처럼 작용하기
때문이다. 하루도 빠짐없이, 너무 많은 소설을 읽어온 탓인지, 때로
서로 다른 소설들이 근친적으로 엉겨 붙는 경우가 있다. 때로는 한
편의 소설 속에 여러 편의 소설, 여러 작가의 흔적이 새겨져 있는
경우도 있다.

특별한 순서 없이, 기억이 떠오른다.
반들반들한 손목 안쪽.
뜨거운 프라이팬이 젖은 싱크대로 아무렇지도 않게 던져지면서 솟아오르는
증기.
방울방울 떨어져 수챗구멍 속을 빙글빙글 돌다가, 층고 높은 집의 기다란 홈
통 전체를 타고 흘러내려가는 정액.
(중략) 잠긴 문 뒤의, 오래전에 차갑게 식은 목욕물.
마지막 것은 내 눈으로 본 것은 아니다. 그러나 결국 기억하게 되는 것은, 실제
로 본 것과 언제나 똑같지는 않은 법이다.

줄리언 반스, 《예감은 틀리지 않는다》

소설의 첫 대목인 이 부분에서 뒤라스의 회상에 잠긴 음성이 느
껴지는 것은 전혀 이상한 일이 아니다. 사건도 시제도 자유로이,
과거의 일조차 예감의 세계로 둔갑시키는 기묘한 분위기의 소설
《연인》을 기억하는 독자라면 말이다. 《연인》에는 뒤라스의 육성이

고스란히 배어 있다. 그녀는 간간이 독자에게 말을 걸고, 주의를 환기시키며, 회고하듯이 서사를 이끌어간다. 이러한 자유로운 호흡과 서술 방식은 어디에서 오는 것일까.《예감은 틀리지 않는다》는 줄리언 반스의 나이 예순다섯에 쓰인 노블novel이고,《연인》은 마르그리트 뒤라스의 나이 일흔 살에 쓰인 로망roman이다. 노블과 로망은 각각 영국과 프랑스에서 '장편소설'을 부르는 말.《돈키호테》의 나라 스페인에서는 노벨라novela라고 하는데 우리나라의 경輕장편소설에 가깝다. 소설마다 분량(서사적 호흡)에 적합한 사건과 인물, 주제가 있다. 2011년 영미권 최고의 문학상인 맨부커상을 수상한 반스의《예감은 틀리지 않는다》를 두고 몇몇 평론가들은 150쪽 내외 분량의 이 작품의 정체를 파악하고 미덕을 전하기 위해 '노벨라'를 제시한다. 노마디즘의 창시자 들뢰즈와 펠릭스 가타리의《천 개의 고원》에 따르면 '노벨라'란 '비밀'을 다루는 과정에 초점이 주어진다. 이는 노벨라보다 짧은 소설인 단편소설이 '무슨 일이 일어났는가'를 다루는 것과 차이를 갖는다. 노벨라의 생명은 비밀을 창출하고 지속해서 관리하는 능력이다. 이를 위해 독자는 한 편의 노벨라에 몇 개의 '스토리 라인story line'이 작동되고 있는가를 관찰하고, 작가가 그 '라인[線]'들을 발생시키고 조합하는 정도, 나아가 결합시키는 능력에 따라 감동한다.

우리는 시간 속에 산다. (중략) 가끔, 시간은 사라져버린 것처럼 느껴지기도 한다. 그것이 정말로 사라져 다시는 돌아오지 않는 마지막 순간까지도. (중략) 이제는 일화가 된 몇몇 사건과, 시간이 변모해가면서 확신으로 굳어진 덕분에 꽤 사실에

근접했다고 할 수 있게 된 몇몇 기억들을 돌이켜보아야 한다. 실제 사건들에 대해 더 큰 확신을 가질 순 없어도, 최소한 그런 일들이 남긴 인상에 대해서만은 정직해질 수 있을 것이다.

(중략) 우린 원래 셋이었고, 그가 네 번째로 합류했다.

줄리언 반스, 《예감은 틀리지 않는다》

　비밀의 창출과 지속적인 관리 차원에서 보자면, 이 글 서두에 인용한 마르그리트 뒤라스의 경장편은 노벨라와는 다른 세계이다. 뒤라스의 《연인》은 전통적인 소설기법을 해체한 누보로망nouveau roman, 나아가 소설과 영화의 혼용을 가장 인상적으로 보여주는 '시네로망'으로 명명된다. 《예감은 틀리지 않는다》와 《연인》은 둘 다 회고조의 필치로 '인간의 기억'을 소설화하고 있지만, 그것을 대하는 작가의 태도(창작관)에 따라 작품의 분위기와 감상의 결과는 판이하게 달라진다. 반스는 원제 '어떤 결말의 예감A sense of an Ending'이 암시하듯, 기억의 진위에 따른 사태의 진상을 위해 추리적인 형식을 취하고, 뒤라스는 기억의 진위나 왜곡조차 삶의 일부로 수용하는 자유 연상의 한 경지를 보여준다.

셋이라는 빠듯한 숫자에 하나가 더해질 줄은 예상치 못했다. 패거리나 짝짓기는 오래전에 끝나 있었고, 다들 학교를 탈출해 진짜 인생으로 진입할 것을 꿈꾸었을 시점쯤이었다. 그의 이름은 에이드리언 핀으로, 누군가를 처음 만나면 눈을 내리깔고 생각을 입 밖으로 내놓지 않는, 키가 크고 조용한 녀석이었다.

줄리언 반스, 《예감은 틀리지 않는다》

《예감은 틀리지 않는다》는 고등학교와 대학 시절의 성장담인 1부와 이후 쏜살같이 흘러간 중년의 삶인 2부로 구성되어 있다. 2부는 1부에 장치해놓은 의미심장한 비밀들을 기억의 법칙으로 풀어가는 미스터리 형식을 띠고 있다. 이 소설이 진정한 노벨라로서의 미덕을 보여주는 것은 바로 이 추리 형식, 질 들뢰즈가 말하는 '비밀의 내장과 관리'에 있다. 이때 노벨라는 경장편이라기보다는 중편소설에 해당된다. 좋은 예로, 허먼 멜빌의《필경사 바틀비》, 헨리 제임스의《나사의 회전》이 있다. 한 편의 힘 있는 노벨라(중편)에는 하나의 삶을 구성하는 세 개의 선(스토리 라인)이 있어야 하고, 그 선線은 결정적인 타격선을 동반하며 삶을 무너트려야 한다. 세 개의 타격선은 외부에서 하나, 내부에서 하나, 그리고 기왕旣往의 삶으로부터 완전히 벗어난 지점에서 하나이다.《예감은 틀리지 않는다》의 경우 셋이었으나 넷이 된 고교 동창생 이야기 하나, 이 중 주인공 '내'가 대학에 입학해 처음 사귄 베로니카라는 여자와의 이야기 하나, 그리고 '셋이었으나 넷이 된' 원인인 에이드리언 핀과 베로니카와 기왕의 나와의 이야기 하나. 여기에서 주인공 토니 웹스터의 삶(의 의미)을 완전히 붕괴시키는 타격선은 마지막 이야기에 있고 그 중심에는 영민한 수재 에이드리언의 자살이 놓여 있다. '옛 고교 친구'이자 '첫 여자친구의 남자친구'의 죽음. 이 마지막 이야기는 앞의 두 가지 이야기에 은근히 깔아놓은 뇌선雷線의 끝, 곧 40년이 흐른 뒤 소설의 화자인 토니 웹스터에게 날아든 베로니카 어머니의 유언으로부터 촉발된다. 그녀는 웹스터에게 편지 두 통과 500파운드를 유산으로 남겼는데, 이는 주인공은 물론 독자들의 호기심을 불러일으키는 의미심장한 대목으로, 소설의 2부를 관통해 결말을 향해 가는 서사적 자장과 파괴력을 창출한다. 곧, 주인공은 1부에서 들려주었던 이야기들을 반추하고, 하나의 선으로 반듯하게 정리해가며 편지의 비밀을 풀어간다.

> 어느 날 저녁, 나는 자리에 앉아 사십여 년 전의 세월을 시시콜콜히 떠올리면서 치즐허스트에서 보냈던 그 굴욕적인 주말을 다시 기억해내려고 했다. (중략) 나는 과거를 직시했다. 기다렸다. 기억의 경로를 다른 쪽으로 돌려보려고 했다. 소용없었다. 나는 고故 사라 포드 여사의 딸과 약 일 년 남짓 사귀었다. 여사의 남편은 나를 하대했고, 여사의 아들은 오만하게도 나를 낱낱이 뜯어보았으며, 여사의 딸은 나를 교묘히 조종했다.
>
> 줄리언 반스, 《예감은 틀리지 않는다》

《예감은 틀리지 않는다》는 인간의 기억을 다루고 있는 동시에 피할 수 없는 시간성을 문제 삼고 있다. 그러나 궁극적으로 작가가 드러내고자 하는 것은 기억 안쪽의 '상처', 곧 시간이 흘러도 지워지지 않는, 지워진다 해도 무의식 속에 남아 있는 '피해의 흔적'과 그것이 일으키는 폭력적 진실이다. 소설의 첫 대목을 접하며 뒤라스의 《연인》이 오버랩 되었다면, 소설의 마지막 장을 덮으며 맹렬히 살아나는 또 하나의 작품은 나츠메 소세키의 《마음》이다. A와 B라는 청년이 있고, 그사이에 한 여자가 있다. 두 청년이 동시에 그녀를 사랑했는데, A는 B에게 그녀를 사랑한다고 털어놓으면서 그녀에게 고백할 것이라고 말한다. A의 마음을 알게 된 B는 A가 그녀에게 고백하기 전에 먼저 고백하고 둘은 연인이 된다. A는 얼마 지나지 않아 자살을 하고, 그녀와 결혼을 해서 살게 된 B는 평생 죄의식을 짊어지고 죽어간다는 이야기. 나츠메 소세키의 《마음》은 간단히 요약하면, 사랑과 우정이라는 소설의 가장 흔하고 오래된 주제를 담고 있다. 소설이 비단 재미만을 추구하는 오락물이 아니라 인류의 기억과 윤리를 문제 삼는 가장 오래된 질문이자 가장 새로운 탐색임을 소세키의 《마음》에 이어 반스의 《예감은 틀리지 않는다》를 통해 새삼 확인한다. 이때 소설은, 아니 기억은, 반스가 소설 속 등장인물인 역사가 '라그랑주'의 견해를 빌어 전하고 싶은 바, 역사와 등가를 이룬다. "역사는 부정확한 기억이 불충분한 문서와 만나는 지점에서 빚어지는 확신이다."

줄리언 반스, 《예감은 틀리지 않는다》, 최세희 옮김, 다산책방, 2012

디어 먼로,
단편소설을 읽는 시간

앨리스 먼로, 《디어 라이프》

캐나다, 토론토, 나이아가라 폭포.
먼로는 캐나다의 작은 도시에서 태어나 자란 자신의 일대기를 단편소설로 담아냈다.

단편소설만으로 45년 작가 인생을 이끄는 데에는 재능 이외의 또 다른 자질이 필요한데, 그 자질이란 앨리스 먼로가 생애 마지막 소설집인 《디어 라이프》에서 가장 아끼는 작품으로 꼽은 소설의 제목인 '자존심'이다.

❋ 　　　　　　　　2013년 8월 파리, 13구 물랭 거리와 한국어학과가 있는 국립동양언어문화대학INALCO 부근을 산책하다가 근처 새로이 문을 연 서점 '지베르 조제프'에 들어갔다. 점심식사를 마치고, 파리 시와 13구가 새로 조성하고 있는 파리 대학 지구를 돌아보던 참이었다. 문학잡지《마가진 리테레르》여름 특집호가 유리창 너머로 눈에 띄었다. 최근 영향력 있는 외국 작가 열 명의 얼굴이 전면에 배치되어 있었다. 모옌과 오르한 파묵 등 몇몇은 낯이 익었고, 제이디 스미스와 앨리스 먼로 등 몇몇은 낯설었다. 어딜 가든 발길은 서점으로 수렴되는 버릇대로 안으로 들어가 선 채로 잡지를 후루룩 훑어보았다. 흡사 박완서 선생님의 모습을 다시 보듯 부드러운 미소로 정면을 향한 백발의 여성 노작가에 눈길이 멈췄다. 그녀의 사진 위에는 아직도 그녀를 만나지 못한 것은 부끄러운 일이라는 듯 조너선 프랜즌의 말이 큰 글씨로 이렇게 쓰여 있었다. "먼로를 읽으세요, 먼로를!"

　어린 시절 나는 길게 뻗은 길 끝에서 살았다. 아니 어쩌면 내게는 길게 느껴졌던 길 끝에서. 초등학교와 고등학교에서 집으로 걸어 돌아올 때. 내 등뒤 진짜 타운에는 활기찬 분위기와 보도와 어두워지면 켜지는 가로등이 있었다. 메이트랜드 강에 놓인 두 개의 다리가 타운 끝을 표시했다.

　(중략) 어머니는 나를 낳기 전에 두 번 유산을 했다. 그러니 1931년 내가 태어난 그해에는 틀림없이 흐뭇한 분위기가 감돌았을 것이다. 하지만 시대는 암울해져 갔다.

　　　　　　　　　　　　앨리스 먼로, 〈디어 라이프〉, 《디어 라이프》

앨리스 먼로를 읽도록 독려하다시피 강조하던 조너선 프랜즌의 외침이 주효했던 것일까. 그로부터 3개월 뒤 먼로는 캐나다인으로는 처음으로 노벨문학상을 받았다. 당시 여든두 살, 《디어 라이프》 출간을 끝으로 긴 작가 인생에 마감을 선언한 1년 뒤였다.

그날 나는 산책을 마치고, 국립동양언어문화대학 도서관에서 앨리스 먼로의 책을 찾았다. 동양어대학 도서관이니 그녀의 책이 있을 리 없었다. 가까운 국립 프랑수아 미테랑 도서관이나 퐁피두 도서관으로 가든지, 인터넷서점에서 전자책을 찾아봐야 했다. 그리고 곧 한국에는 두 권이 번역되어 나와 있었고, 내 기억에 강렬하게 남아 있던 2006년 제작된 캐나다 영화 〈어웨이 프롬 허〉의 원작이 2001년 발표한 그녀의 단편 〈곰이 산을 넘어오다〉라는 사실을 알게 되었다. 그러니까, 나는 각색된 영화로나마 이미 먼로를 만났던 것이다.

기억을 다 잃고 나면, 그들은 대체 무엇을 할까?

"어떤 사람들은 그냥 앉아 있죠. 어떤 사람들은 앉아서 울어요. 또 어떤 사람들은 집이 무너져라 소리를 지르죠. 모르는 게 차라리 나을 거예요." 크리스티가 말했다.

(중략) "일 년 넘게 방에 드나들어도 당신이 누군지 전혀 몰라요. 그러다가 어느 날, 갑자기 인사를 하면서 집에 언제 갈 수 있냐고 묻죠. 갑자기 완전히 정상으로 돌아오는 거예요."

"(중략) 정신을 찾았네, 라고 생각하지만 곧 다시 원래대로 돌아가곤 해요."

앨리스 먼로, 〈곰이 산을 넘어오다〉, 《미움, 우정, 구애, 사랑, 결혼》

〈곰이 산을 넘어오다〉는 그랜트와 피오나라는 노년 부부의 이야기이다. 미하일 하케네 감독의 2012년 작품 〈아무르〉처럼 아내가 치매에 걸린다. 〈곰이 산을 넘어오다〉는 남편(그랜트)이 아내를 요양원에 보내고 겪는 이야기이고, 〈아무르〉는 요양원을 극도로 거부한 아내를 남편(조르주)이 집에서 간호하며 겪는 이야기이다. 위의 인용처럼 〈곰이 산을 넘어오다〉에서 피오나는 정상과 비정상을 오가다 비정상 상태에서 다른 남자와 사랑에 빠짐으로써 그랜트에게 곤혹스러운 상황을 안겨주고, 〈아무르〉에서는 아내가 점점 증세가 악화되는 것을 보다 못한 조르주가 베개로 숨을 멎게 해 최후를 맞는다. 어떤 경우이든 정상 상태에 남겨진 남편에게는 견디기 힘든 고통이며 천형天刑이다.

〈곰이 산을 넘어오다〉는 앨리스 먼로가 일흔 살인 2001년에 발표한 소설집《미움, 우정, 구애, 사랑, 결혼》에 수록되어 있다. 제목으로 제시한 주제들을 열한 편의 단편들로 구성하고 있는 형태인데, 〈곰이 산을 넘어오다〉는 맨 마지막 결혼의 장에 해당한다. 요양원의 규칙상 피오나를 맡기고 한 달 만에 찾아간 그랜트는 아내가 50년간 함께 산 자신을 몰라보고 오브리라는 낯선 남자에게 온 마음을 쏟고 있는 뜻밖의 장면을 접한다. 앨리스 먼로는 태생지인 북미 캐나다의 차갑고 투명한 겨울 날씨만큼이나 정제된 문장으로 이 기막힌 사연과 그랜트의 입장과 생각을 전한다. 그런데 흥미로운 것은 피오나가 오브리에게 쏟는 정성과 헤어진 뒤 보이는 슬픔의 강도가 크게 그려질수록 독자는 반전의 의미로 되새기게 된다는 점이다. 그랜트가 결혼 후 피오나 모르게, 그러나 대부분을 알게

끔 저지른 수많은 여성 편력에 대한 일종의 복수로 느끼는 것이다.

> "사람들은 외로움을 느끼곤 하죠." 그가 말을 시작했다. (중략) "보고 싶은 사람을
> 보지 못하면 슬픔에 사로잡히죠. 사실 제 아내 피오나가 지금 그래요."
> "당신이 그녀를 보러 간다고 하지 않았던가요."
> "네. 하지만 아내가 원하는 건 제가 아니에요." 그가 대답했다.
>
> 앨리스 먼로, 〈곰이 산을 넘어오다〉, 《미움, 우정, 구애, 사랑, 결혼》

   고령화 사회에 접어들수록 인간의 노년을 그리는 작품들이 장르를 불문하고 다양하게 생산되고 있다. 고령화 사회 이전, 인간의 존재 조건에 대한 탐구의 방법으로 '안락사'를 심층적으로 다룬 이들은 일본 작가들이다. 1916년 발표한 모리 오가이의 〈다카세부네高瀬舟〉와 이마무라 쇼헤이의 1982년 영화 〈나라야마 부시코〉로 유명한 후카자와 시치로의 동명 소설이 대표적이다. 〈곰이 산을 넘어오다〉를 각색한 영화 〈어웨이 프롬 허〉를 처음 접했던 2007년 전후, 나 역시 인간의 여러 시기 중 마지막 몇 년에 창작자로서의 관심이 집중되어 있었다. '어떻게 살 것인가'와 맞물려 '어떻게 죽을 것인가'에 소설적 주제가 맞추어져 있었고, 실제 그 시기에 안락사 또는 존엄사를 투영한 단편소설 〈환대〉와 〈구름 한 점〉을 발표하기도 했다. 그 무렵 한국소설계에도 다양한 입장과 형식으로 노년의 삶에 주목했는데, 정상과 비정상을 오가는 노인의 기억을 망상의 메커니즘으로 형상화한 김태용의 《풀밭 위의 돼지》와 망상에 그치지 않는 실종의 메커니즘을 지극히 처연한 사모곡으로 그

린 신경숙의《엄마를 부탁해》가 대표적이다.

앨리스 먼로가 공식적으로 작가 인생을 마감하며 세상에 내놓은 마지막 소설집《디어 라이프》의 마지막 작품이자 표제작은 캐나다 온타리오 주의 작은 도시에서 태어나 성장한 일대기를 자전소설 형식으로 마무리하고 있다. 서사가 응집된 에피소드와 마지막 장면은 파킨슨병을 앓다가 죽은 어머니와 장례식에 참석하지 않은 자신의 행위를 반추하고 있다.

> 어머니의 마지막 순간에도 그리고 장례식에도 나는 집에 가지 않았다. 내게는 어린 자식이 둘 있었는데 밴쿠버에는 아이를 맡길 사람이 없었다. 우리는 거기까지 갈 경비가 없었고 내 남편은 의례적인 행동을 경멸했다. 하지만 그것이 왜 그의 탓이겠는가. 내 생각도 같았다. 사람들은 말한다. 어떤 일들은 용서받을 수 없다고, 혹은 우리 자신을 결코 용서할 수 없다고. 하지만 우리는 용서한다. 언제나 그런다.

앨리스 먼로, 〈디어 라이프〉, 《디어 라이프》

노벨문학상 심사위원회는 2013년 수상자로 앨리스 먼로를 지목한 이유로 '현대 단편소설의 거장'이라고 밝혔다. 그만큼 앨리스 먼로는 평생 단편소설 창작에 주력했다. 열한 살에 소설가를 꿈꾸었고, 열아홉 살에 첫 단편소설을 쓰지만, 작가로서의 공식적인 출발은 서른여덟 살이었던 1968년에 발표한《행복한 그림자의 춤》부터이다. 그녀는 45년 작가 인생 중 총 열네 권의 소설책을 출간했는데, 그중 〈소녀들과 여자들의 삶〉만 분량 면에서 장편소설에 해당되고 모두 단편소설집이다. 작가마다 서사를 다루는 호흡이 다르듯 한 작가가 단편과 중·장편을 모두 훌륭하게 소화할 수 있는 것은 아니다. 몇몇 작가는 단편소설 작가로서의 기질과 미학을 운용하는 데 천부적이다. 캐서린 맨스필드와 앨리스 먼로, 레이먼드 카버, 오정희, 윤성희 등이 그들이다. 반면 단편과 장편 모두 넘나들며 인간의 내면과 세상의 심연을 날카롭고도 복잡 미묘하게 그려내는 작가들이 있는데, 허먼 멜빌, 기 드 모파상, 가브리엘 가르시아 마르케스, 박완서, 성석제, 김연수 등이 그들이다. 단편소설만으로 45년 작가 인생을 이끄는 데에는 재능 이외의 또 다른 자질이 필요한데, 그 자질이란 앨리스 먼로가 생애 마지막 소설집인 《디어 라이프》에서 가장 아끼는 작품으로 꼽은 소설의 제목인 '자존심'이다.

그때 나는 생각했다. 오래 살다보면 많은 문제들이 그냥 해결된다고. 선택된 사람들만 들어가는 모임에도 들어갈 수 있게 된다. 어떤 장애를 가지고 살았건 그 시기에 이르면 많은 문제들이 상당수 해결된다. 모두의 얼굴이 고통을 경험했다. 당신의 얼굴만이 아니라.

앨리스 먼로, 〈자존심〉, 《디어 라이프》

앨리스 먼로, 《미움, 우정, 구애, 사랑, 결혼》, 서정은 옮김, 뿔, 2007
앨리스 먼로, 《디어 라이프》, 정연희 옮김, 문학동네, 2013

향수,
우회라는 실존의 긴 여정

밀란 쿤데라, 《향수》

체코, 프라하, 칼루프 다리와 성.
카프카와 릴케의 도시이자 스메타나와 드보르자크의 도시 그리고 쿤데라의 도시.

《향수》는 망명 작가 쿤데라가 작품을 통해 끊임없이

자신의 정체성을 타진하고 확인해온 정점에 위치하며,

죽기 전에 반드시 써야 하는 통과제의 같은 작품.

작가는 작품과 함께 자신의 생을 완성해가는 존재이다.

프라하에서 브르노로 향한 것은 순전히 밀란 쿤데라 때문이었다. 소설《향수》의 작가 이력에는 딱 두 문장만 씌어 있다. '체코슬로바키아에서 태어났다. 1975년 프랑스에 정착하였다.' 체코슬로바키아는 국가명이고, 그가 태어난 도시는 브르노이다. 쿤데라에 따르면 한 인간의 생生이란 단 세 문장(실질적으로 한 문장)이면 된다. '어디에서 태어났고, 어디어디에서 얼마간 살다가, 어디에서 죽었다.' 한 문장이든 세 문장이든, 한 문장의 단어와 행간(주름)들 사이를 펼치면, 짧게는 단편소설 또는 책 한 권, 길게는 열 몇 권짜리 대하 장편소설이 된다. 작가의 이력이란 작가가 생산한 작품과 떼려야 뗄 수 없는 한 몸이어서 작가의 이력이 거느린 정황을 파악하고 읽느냐 그렇지 않느냐에 따라 공감의 폭이 달라진다. 작가는《향수》서두에 주인공 이레나와 그녀의 동료 실비와의 대화를 통해 귀화 작가인 자신의 처지와 20년 전 떠나온 고국(체코)을 향한 복잡한 심정을 중첩시킨다. 이레나는 체코에서 파리로 망명하여 20년째 살고 있다. '이레나는 왜 망명했는가'라는 질문이 실비로부터 제기된다. 소설은 질문을 던지는 것과 동시에 질문을 풀어가는 방식으로, 파리에서 프라하로의 귀향 과정을 풀어간다.

이레나는 강제 점령기, 혼란한 상황에서 나라인 체코를 떠났다. 친구들의 작별인사도 어머니의 뜨거운 배웅도 없었다. 남은 사람들은 떠나는 그녀에게 감정을 드러내지 않았다. 20년 만에 돌아와도 그들의 태도는 별다르지 않다. 이레나는 친구들과의 저녁식사에 프랑스 보르도산 고급 포도주를 준비한다. 그러나 친구들은 한

결같이 그들이 마셔온 체코 맥주만을 고집하고 이레나는 당혹감에 빠진다. 게다가 이레나는 갑자기 닥친 이상 고온 날씨로 인해 파리에서 입고 온 가을 옷을 모두 벗어야 했고, 과거에 머물러 있는 이곳의 칙칙한 옷을 입게 된다. 친구들은 이레나가 파리에서 어떻게 살았는지 한마디도 묻지 않고, 그들이 이곳에서 어떻게 살아왔는가에 대해 되풀이해서 말할 뿐이다. 애써 준비한 포도주를 거두고 이레나는 망칠 뻔한 친구들과의 만남을 가까스로 추스른 뒤 프라하 산책을 나간다. 프라하의 거리를 정처 없이 걸으면서 이레나는 떠나 있는 동안 이 도시가 자신에게 무엇이었는가를 반추한다. 그녀는 '화려한 프라하가 아니라', '체코 소시민들'의 삶이 배어 있는 프라하를 사랑했다. 행복을 찾아 남편을 따라서 파리로 떠났고, 파리에서 행복하다고 느꼈지만, 그렇다고 그것으로 충족된 것은 아니었다. 떠나온 도시, 프라하가 그녀의 가슴 깊숙이 자리 잡고 있었다. 그런데 프라하의 거리를 걸으며 그녀는 언뜻 파리의 모습을 본다. 무한한 그리움이든, 비판적인 냉정함이든, 이곳에서는 저곳을, 저곳에서는 이곳을 향할 수밖에 없는 망명자의 양가적인 자의식을 그녀에게 확인할 수 있다.

브르노는 현재 체코 남동부 모라비아 지방의 주도이다. 프라하 블타바 강(몰다우 강) 옆에 여장을 풀자마자 내가 브르노로 향한 데에는 약간의 설명이 필요하다. 쿤데라의 작가 이력에 씌인 첫 번째 문장 '체코슬로바키아에서 태어났다'는 문장은 변화된 현재적 상황에 따라 해독을 요한다. 현재 체코슬로바키아는 지구상에 존재하지 않는다. 체코슬로바키아는 쿤데라가 태어날 무렵부터 파리로 망명을 떠날 때까지의 국가 체제였고, 1993년 이후 현재 체코와 슬로바키아로 분리된 상태이다. 체코 국토의 대부분은 보헤미아로 구성되어 있고, 프라하가 그 중심 도시이다. 브르노는 모라비아 지방의 중심 도시. 쿤데라는 망명 이후《향수》에 이르기까지 줄곧 체코 대신 보헤미아라고 지칭해왔는데, 그 이유가 여기에 있다. 쿤데라는 체코슬로바키아 시절의 모라비아 지방 브르노에서 태어나 그곳 야나체크음악원 교수였던 아버지의 영향 아래 중등교육을 받았고 이후 보헤미아의 수도 프라하로 올라가 연극영화 아카데미에서 영화감독 수업을 받았다. '프라하의 봄'으로 통칭되는 1968년 개혁의 물결 중심에 섰는데, 소련의 침공으로 시작된 암흑기에 공직에서 해직되고 작품이 몰수되는 지경에 처하자 공산 체제의 조국을 떠나 1975년 서방 세계의 중심지 파리로 망명했다.

《향수》는 망명 작가 쿤데라가 작품을 통해 끊임없이 자신의 정체성을 타진하고 확인해온 정점에 위치하며, 죽기 전에 반드시 써야 하는 통과제의 같은 작품이다. 작가는 작품과 함께 자신의 생을 완성해가는 존재, 그는 1989년 동서장벽이 무너진 10년 후, 일흔 살에 처음이자 마지막 귀향담인《향수》를 써서 21세기 벽두 세상에 발표했다. 쿤데라가 말하는 향수(노스탤지)는 '돌아가고자 하는 채워지지 않는 욕구에서 비롯된 괴로움'이다. 그는 초기작《참을 수 없는 존재의 가벼움》에서부터 대부분의 작품 속에 제목과 주제어의 어원을 마치 언어학자처럼 추적해 밝혀왔다. 그에 따르면, 노스탤지란 그리스어의 '노스토스nostos(귀환)'와 '알고스algos(고통)'의 합성어이다. 돌아가고자 하는 마음, 그러나 돌아갈 수 없었던 세월이 각인시킨 고통, 또는 꿈에도 그리던 그곳으로 돌아갔으나 돌아가고자 마음먹었을 때의 그곳이 더 이상 아님을 깨달을 때 느끼는 괴로움이《향수》에 스며들어 있다.

서사는 두 줄기로, 이레나와 조제프의 이야기다. 처음엔 각자의 에피소드로 출발해서, 중간중간 서로 섞이고, 후반부에 크게 합일점을 이룬 뒤 다시 각자의 흐름을 여는 것으로 끝을 맺는다. 마치 두 개의 지류支流가 흐르다가 어느 순간 합쳐져 대하大河, 큰 강이 되는 것과 같다. 이 흐름은 스메타나의 교향시〈나의 조국〉을 연상시키기도 한다. 이레나와 조제프 두 사람의 공유 지점은 20여 년 전 공산정권 아래 고등학생 시절과 자유체제의 현재이다. 여자에 반했던 남자는 지금은 여자의 존재를 깡그리 잊은 상태이고, 한때 스쳤던 남자의 추억을 간직하고 있던 여자는 우연히 귀향길에 만난 남자를 한눈에 알아본다. 쿤데라의 여느 소설들처럼 여성과 남성의 사랑관에 대한 아이러니의 묘미와 함께 한 편의 악곡 형식을 느낄 수 있으며, 작가의 방대하고도 깊이 있는 지식을 경험하게 한다.

서방세계로 망명한 밀란 쿤데라는 그를 일약 세계적인 작가의 반열에 오르게 한 작품《참을 수 없는 존재의 가벼움》을 비롯하여《농담》,《불멸》,《느림에 대하여》,《웃음과 망각의 책》등 음악, 언어학, 인류학, 철학, 문학적 담론 들을 소설에 자유자재로 사용해온 작가인 만큼《향수》를 위해서도 인류 최초의 귀향담인 호메로스의〈오디세이아〉—"모든 시대를 통틀어 가장 위대한 모험가인 율리시스는 가장 위대한 향수병자이기도 했다."—를 정면에 내세우고 있다.

밀란 쿤데라는 무라카미 하루키와 동시에 1980년대 말 한국에 소개되어 독서계를 강타한 베스트셀러 작가이다. 한 번 읽으면 쉽게 벗어날 수 없을 정도로 감염력이 강한 이들의 문장은 집단적 광장의 구호로 격동의 시절을 통과하면서 황폐해질 대로 황폐해져 있던 1980년대 말 한국 문단에 거침없이 침투했고, 속삭이듯 감미롭고, 냉소하듯 차가우며, 신랄한 듯 현란한 문장을 앞세워 단시간에 엄청난 세력을 확장했다. 《참을 수 없는 가벼움》을 필두로 10여 년 동안 쿤데라의 작품들을 읽어온 나의 소회는 그의 위력을 짐작하게 한다.

쿤데라의 소설은 거의 세 가지 틀로 이루어진다. 사랑(심리학)과 성(욕망)과 정치(역사). 그중 하나가 어긋나면 형태를 잃고 마는 것과 같이 그의 소설을 지탱하고 있는 삼각형은 어느 것 하나 어긋남 없이 황홀하게 공존한다. 마치 협주곡의 사랑스런 투티처럼, 재즈의 자유로운 그것처럼, 서로가 서로에게 어깨를 내주고 머리를 받아주며 서로를 돋보이게 한다. 그 사이사이 언어학과 철학과 음악이 장식음을 이루며 더할 수 없이 화려한, 그러면서 더할 수 없이 안정적인 균형을 이룬다. 부분과 전체, 몸과 몸짓, '웃음'과 '농담', 그리고 '불멸'을 향한 촉각을 다투는 욕망이 그의 모든 소설 속에서 대위적으로 어우러지며 점진적으로, 그러다 해체적으로 출몰한다. 그의 이러한 현란한 협화음에 나는 끊임없이 불려가 오래 머물기도 하고 잠시 길을 잃었다가 먼 길을 돌아 제자리로 돌아오기도 한다. 돌아오는 순간에는 언제나 커다란 가방 하나를 가슴에 안고 있는데, 그 안에는 아녜스의 매혹적인 손짓(《불멸》)이 담겨 있는가 하면, 상탈(《정체성》)의 편지가 가득 들어 있기도 하고, 이레나의 오래된 옷(《향수》)이 나부끼기도 한다.

함정임, 《지금 살아 있다는 것은》

프라하 중앙역에서 열차를 타고 브르노로 향하는 세 시간 동안, 나는 청춘 시절부터 쫓아온 이늘 동시내인의 문학적 여정을 반추했고, 쿤데라가 《향수》의 또 다른 주인공인 조제프를 통해 끊임없이 20년 전으로 거슬러 올라갔던 사색의 긴 여정에 동참했다. 그 여정은 20대 때부터 쿤데라를 쫓아온 '수많은 우회로들 가운데 하나'였다.

쿤데라의 새로운 소설을 읽을 때마다 드는 생각이 있다. 그가 소설을 쓰는 순간 그의 망명은 이미 예정되어 있었는지도 모른다는 것이다. 그의 문체는 그가 어디에 있건 그의 생래적인 부분에 속한다. 그러나, 그렇다고 하더라도 내 생각은 쉽게 물러가지 않는다. 그가 소설을 쓰지 않았다면 이렇듯 성공적인 망명이 가능했을까?

함정임, 《지금 살아 있다는 것은》

브르노 역에 내려 플랫홈을 빠져나가자 거미줄처럼 트램 레일이 뻗어 있었고, 노숙자들이 벤치와 바닥에 널브러져 있었다. 프라하에 비해 관광객이 눈에 띄지 않았고, 그만큼 도로 표지판의 글자들은 내가 해독할 수 없는 기호로 와글거렸다. 정류장에서 세 시간짜리 자유 승차권을 사서 무조건 트램에 올라탔다. 세 정거장쯤 지나자 격조 있는 건축물들로 둘러싸인 광장이 나왔다. 내리고 보니 중심지였다. 광장을 빙 둘러싸고 브르노국립예술대학 건물들이 퍼져 있었다. 카프카와 릴케, 스메타나와 드보르자크가 프라하 출신이라면, 20세기 현대음악의 거장 야나체크와 쿤데라는 이곳 모라비아 출신. 내가 모라비아에 온 이유는 현란한 문장으로 내 청춘 시절을 감염시킨 쿤데라가 태어나고 어린 시절을 보냈던 현장에 서 보기 위해서였다. 쿤데라의 생가라든지 어린 시절을 보낸 골목과 마당, 그의 아버지가 재직했던 브르노국립예술대학 등지에 닿을 수도 있고, 그렇지 않을 수도 있었다. 프라하에서 브르노까지 왕복 여섯 시간을 바쳐서 내가 얻고자 한 것은, 파리에서《향수》를 써야 했던 작가 쿤데라라는 한 인간에 대한 이해이며 곧 작가라는 족속의 삶과 운명의 현재적 표정이었다. 프라하행 열차를 타기까지 아직 한 시간이 남아 있었다. 나는 브르노 중심의 자유광장 주변의 파라솔에 앉아 브르노 전통맥주인 스타로브르노를 홀짝이며《향수》를 쓰기까지 노년의 쿤데라가 사로잡혀 있었던 조국의 의미에 대하여 생각했다. 쿤데라는 '체코인들이 조국을 사랑했던 이유', 덴마크인 '조제프가 이 작은 나라를 망명지로 선택한 이유'는, 역설적이게도 그 나라가 '작고 끊임없이 위험에 처해 있었기 때문'으로 보았다. 그들에게 애국심은 곧 연민이라는 것이다.

광장에는 비둘기들이 모여들었다 흩어지고, 트램은 포석이 깔린 길 위쪽에서 미끄러지듯 달려왔다가 역 쪽으로 사라졌다. 저녁 여섯 시에 가까웠으나, 여름 해는 서쪽 하늘에 아직 쩡쩡했다.

---◇

함정임,《지금 살아 있다는 것은》, 강, 2005
밀란 쿤데라,《향수》, 박성창 옮김, 민음사, 2012

---◇

일기의 목록
또는 궁극의 소설

움베르토 에코, 《프라하의 묘지》

체코, 프라하, 유대인 묘지.
에코는 20세기 세계대전의 불씨로 유대인들이 이 묘지에서
세계 정복 회의를 도모한 것으로 가정하고, 일기 형식으로 추적해간다.

그동안 소설 이전의 질료로 여겨온,

한 인간의 진솔한 고백담인 '일기'가 궁극적으로

소설의 자리를 차지하는 하나의 장관이 창출되고 있는 셈이다.

2009년 1월 29일. 밀라노에 도착한 지 3일째. 아침식사를 마치고 밀라노 중앙역으로 달려가 볼로냐행 열차를 탔다. 수중에는 유럽에서 3일을 어느 날이나 마음대로 선택하여 사용할 수 있는 '유레일 셀렉트 패스'가 있었고, 첫 사용처를 움베르토 에코가 평생 재직했던 중세의 대학 도시 볼로냐로 결정했다. '세상의 모든 지식'이라 불리는 박물관학적 소설가 에코의 세계를 조금이라도 감지해볼 기회였다. 중세의 육중한 석조 건물들이 치솟아 있는 겨울의 볼로냐에 도착했다. 그 아래 회랑을 지나다니는 사람들은 중세 이래 굳건히 서 있는 건축물들에 압도되어 왜소해 보였다. 대학 시절, 동명의 영화로 먼저 접한《장미의 이름》은 나에게 충격에 가까운 신비와 매혹을 던져주었다. 중세를 매개로 추리 형식으로 구축된《장미의 이름》은 그동안 내가 읽어온 프랑스 소설들과는 전혀 다른 세상이었다. 소설만큼이나 작가가 궁금했다. 12세기에 세워진 두 개의 사탑 맞은편 광장에 앉아 평생 이 대학에 재직했던 에코의 행선을 추측해보았다. 수도원 연쇄살인 사건의 전말을 파헤치고자 영국에서 파견된 소설 주인공 윌리엄 수도사만큼이나 은밀하면서도 덧없었다.

이제부터는 글을 쓰되 개인에 관한 묘사는 되도록이면 피하고자 한다. 이는, 들판에 가을이 오면 꽃이 시들어 꽃대에서 사라져 버리듯이, 인간 또한 그렇게 사라져 버릴 터인즉, 인간의 외양만큼이나 덧없는 것이 또 어디 있겠느냐는 보에티우스의 말에 일리가 있다고 여겼기 때문이다. (중략) 그러나 윌리엄 수도사의 풍모만은, 그 비범한 모습이 크게 내 마음을 흔들었기로 여기에다 자세히 그려 남기고 싶다.

움베르토 에코, 《장미의 이름》

2012년 8월 2일. 체코 프라하 엘베 강 옆 요세포프(유대인구역)에
는 신중한 표정의 이방인들이 그룹을 지어 시너고그(유대인회당)
와 유대인묘지 주위에 모여 있었다. 프라하에는 카프카가 묻혀 있
는 도시 외곽의 신新 유대인묘지와 도심의 구舊 유대인묘지가 있
다. 구 유대인묘지에서 내 눈길을 사로잡은 것은 공동묘지라고 하
기에는 비좁은 뜰에 포개지듯 촘촘히 세워져 있는 비뚜름한 비석
들 그리고 고목의 검푸른 그늘 아래 간혹 햇살에 돌올하게 드러나
는 비문들이었다. 나는 비석들이 그처럼 겹쳐져 있는 사연과 고목
의 이름을 귀국 후, 에코의 소설을 통해 알았다.

프라하의 게토에 이 묘지가 생긴 것은 중세 때였는데, 게토의 유대인들은 애초에
허가된 테두리를 벗어나 묘지를 확장할 수가 없었던 터라 수백 년 동안 무덤 위
에 또 무덤을 쓰는 식으로 약 10만 구의 시신을 여기에 묻었다. 그에 따라 비석들
은 갈수록 빼곡하게 들어차서 서로 등을 기댈 지경에 이르렀고, (중략) 비석들에
는 그저 딱총나무의 검은 그림자만 드리워 있었다. (중략) 나는 거기에 유대교 랍
비들이 모여 있는 광경을 상상했다.

움베르토 에코, 《프라하의 묘지》

2013년 3월 9일 토요일. 나는 파리의 팡테옹 언덕에서 그 아래
모베르 광장 쪽으로 천천히 걸어 내려가면서 에코와 파리, 그리고

프라하와 유대인의 상관관계를 반추했다. 그 생각은 파리행 비행기를 타기 전 움베르토 에코의 《프라하의 묘지》를 챙기면서 비롯되었다. 제목과는 별도로 파리와 관계가 깊었고, 첫 단락부터 긴 의고체로 파리를 묘사하고 있었다.

> 어느 행인이 있어 1897년 3월의 그 우중충한 아침나절에 위험을 각오하고 모베르 광장, 또는 무뢰한들이 라 모브라고 부르는 곳(중략)을 건너갔다면, 그 행인은 악취 나는 골목들이 얼키설키한 동네의 한복판에서, 오스만 남작의 파리 재개발 사업 때 드물게 허물리지 않은 장소 한 곳을 마주하게 되었을 터인즉, 이 동네는 비에브르 천川을 경계로 두 구역으로 나뉘어 있었는데, 오래전에 복개되어 파리의 내장 속에 갇혀 버린 비에브르 천은 이 동네에서 다시 빠져나와 열에 들뜬 채 신음과 독소를 뿜어내면서 센 강으로 흘러들고 있었더라.
>
> 움베르토 에코, 《프라하의 묘지》

일찍이 샤를 피에르 보들레르와 발터 베냐민이 탐했듯, 파리는 세계에서 제일 걷기 좋은 도시이다. 내 발길은 모베르 광장을 거쳐 고급 레스토랑 '라 투르 다르장'이 있는 센 강변을 따라 걷다가 예술교를 건너 루브르 박물관으로 향했다. 2012년 7월 이곳에서 벌어진 책에 관련된 희극적인 퍼포먼스를 기억하고 있었다. 당시 언론들의 보도에 의하면 루브르 박물관 장서각 2층에서 재미있는 이벤트가 벌어졌는데, 일명 '움베르토 에코의 《장미의 이름》 종이책과 전자책 리더 킨들을 동시에 바닥에 던지기'였다. 연출은 다큐멘터리 기획사였고, 실행자는 당시 여든 살의 노작가 자신이었다. 결과를 지켜

보지 않아도 알 수 있는 이 뻔한 사실을 취재하기 위해 세계 각국의 문학 담당 기자들이 몰려들었다. 뻔한 질문이나마 작가에게 주어졌고, 에코 왈, 뻔히 알고 있는 사실도 때에 따라 해 보일 필요가 있는데, 진실과 관계될 때 그러하다는 것이었다. 기자들의 목격담에 따르면 그때 진실을 규명하기 위해 2층 난간에서 던져진 킨들은 산산이 부서지고 《장미의 이름》 책은 조금 구겨졌을 뿐이라는 것.

몇 달 뒤, 움베르토 에코는 시모니니라는, 세상에서 가장 위험한 위조범을 소설 역사상 가장 혐오스러운 주인공으로 내세운 장편소설 《프라하의 묘지》를 발표했다. 유대인들이 프라하의 묘지에 모여 세계를 정복할 회의를 했다는 위조문서가 그의 손으로 작성되었고, 결국 20세기 초 전쟁과 유대인 학살 참극의 기원은 바로이 거짓 문서의 역사에서 비롯된다는 것. 여기에서 내 흥미를 끄는것은 에코가 천착해온 거짓과 진실의 게임보다도, 800쪽에 달하는 추리 형식의 이 소설을 이끌어가는 것이 일기라는 점이었다. 평생 중세와 기호학, 철학 연구에 열정을 바친 대석학이 최후에 차용한 소설적 장치가 일기라는 것이 새삼 주목을 요했다.

나는 누구인가? 아마도 내 인생에 무슨 사건들이 있었는지 자문하기보다 내가 무엇에 열정을 바쳤는지 물어보는 편이 더 유용할 것이다. 나는 누구를 좋아하는가? 내가 사랑한 얼굴들이 머릿속에 떠오르지 않는다. 내가 맛있는 요리를 좋아한다는 것은 알고 있다. '라 투르 다르장'이라는 이름을 입에 올리기만 해도 전율 같은 것이 온몸으로 스쳐간다. 이런 게 사랑일까?

움베르토 에코, 《프라하의 묘지》

루브르 박물관에 온 김에 클로드 로랭의 그림들을 오랜만에 찾아보려다가 상설전과 기획전 목록으로 눈길이 갔다. 몇 년 전, 루브르는 이례적인 사업을 감행했는데, 움베르토 에코에게 전시 기획을 요청한 것이었다. 전 세계 미술계가 주목한 그의 전시 기획명은 '궁극의 리스트'. 획기적인 것이 더 이상 가능하지 않은 21세기, 그가 선택한 것은 기본에 충실한 평범함의 극치였다. 누구보다 얼리어답터인 동시에 종이책 숭배자로서 아날로그주의자인 말년의 에코가 도달한 《프라하의 묘지》 역시 궁극을 향하고 있는 것이 아닌가. 《프라하의 묘지》는 1897년 3월 24일부터 1898년 12월 20일(연속적으로는 1897년 4월 19일까지)에 이르는, 음식을 제외하고 세상과 여자에게 극단적으로 냉소적인 시모니니라는 사내의 '일기 목록'으로 배치되어 있다. 일기인 만큼 사내의 내면 풍경을 고스란히 드러내는 것이 목적이다. 그동안 소설 이전의 질료로 여겨온, 한 인간의 진술한 고백담인 '일기'가 궁극적으로 소설의 자리를 차지하는 하나의 장관이 창출되고 있는 셈이다.

랍비들의 발언록을 작성하기 위해 아직 간직하고 있던 모든 자료를 골로빈스키에게 넘겨주고 나자 나 자신이 텅 비어버린 기분이 들었다. 마치 젊은 시절에 법과 대학을 졸업하고 나서 '이제 뭘 하지?' 하고 자문하던 때와 비슷했다. 게다가 인격이 분열되어 있던 상태에서 치유된 뒤로는 내 이야기를 들려줄 사람이 아무도 없다.

움베르토 에코, 《프라하의 묘지》

2013년 3월 9일 오후 다섯 시, 루브르 박물관을 나서는 내 손에는 박물관 소장 목록과 카탈로그, 팸플릿 들이 한 뭉치 들려 있었다. 밤이면 스탠드 불빛 아래 목록을 넘기며, 에코 식으로 말하면, 인류 문화의 기원을 일별할 수 있는 즐거운 선물이었다. 이제 어디로 갈 것인가? 발길은 어느덧 예술교를 건너 생제르맹데프레로 접어들었다. 외젠 들라크루아의 〈천사와 싸우는 야곱〉이 예배당 벽에 역동적으로 그려져 있는 생 쉴피스 교회 앞에서 발길이 멈추었다. 거기 40년을 꿈꾸고 노력한 끝에 얻은 파리의 아파트 서재에서 움베르토 에코가 책장을 넘기고 있을 것이었다. *

움베르토 에코, 《장미의 이름》(전 2권), 이윤기 옮김, 열린책들, 2009
움베르토 에코, 《프라하의 묘지》(전 2권), 이세욱 옮김, 열린책들, 2013

---

* 파리에서 살고 싶어 하던 움베르토 에코는 파리 생 쉴피스 교회 주변에 자택을 구입하여 그곳에서 지냈으며 2016년 2월 19일, 밀라노의 자택에서 별세하였다.

인간 본성의 탐구, 소설이라는 식당

헨리 필딩, 《업둥이 톰 존스 이야기》

영국, 옥스퍼드, 옥스퍼드대학교, '터프 터번Turf Tavern'.
헨리 필딩이 제시한 소설의 다채로운 목차는 식당의 메뉴표와 같다.

《업둥이 톰 존스 이야기》의 차례는 부속이 아니라 본문의 가치,

곧 작품의 힘을 지닌다. 차례를 읽는 재미가 쏠쏠한데,

소설들에서는 경험해보지 못한 독특한 형식이기 때문이다.

문학평론집이나 소설 작법서를 통해 익히 명성을 접해왔으나 뒤늦게 만나는 작품들이 있다. 번역이 쉽지 않아서 또는 대중성이 없어서 소설가 지망생이나 연구자, 대중에게 전해지지 못하다가 꽤 시간이 지나 번역·출간된 소설들이다. 한 나라 문화 수준의 척도는 몇 가지 경우로 가늠할 수 있는데, 그중 하나는 이런 작품들이 제대로 완역되어 있느냐, 그렇지 않느냐에 따라 결정된다. 예를 들면, 로렌스 스턴의 《트리스트럼 샌디》, 로베르트 무질의 《특성 없는 남자》, 마르셀 프루스트의 《잃어버린 시간을 찾아서》, 그리고 헨리 필딩의 《업둥이 톰 존스 이야기》 등이 그것이다.

> 1권 이야기를 시작하기에 앞서, 업둥이의 출생에 관해 알아두어야 할 적절한 내용
> 1장 작품 소개 혹은 향연의 식단표 · 27 | 2장 올워디 영주에 관한 간략한 소개와
> 그의 누이 브리짓 올워디에 관한 좀더 상세한 설명 · 30 | 3장 올워디 영주가 집
> 에 돌아왔을 때 벌어진 기묘한 사건. 이에 대한 데보라 윌킨스의 적절한 행동과
> 사생아에 대한 그녀의 타당한 비난 · 33 | 4장 풍경을 묘사하려다 독자들을 위험
> 에 빠뜨린 일. 그리고 그 위험으로부터의 독자의 탈출. 브리짓 올워디의 대단한
> 양보지심 · 38
>
> 헨리 필딩, 《업둥이 톰 존스 이야기》

앞의 대목은 《업둥이 톰 존스 이야기》 차례의 일단이다. 차례는 식당에 들어가 제일 먼저 찾는 차림표와 같고, 차림표는 식당 주인의 감각에 따라 명명되고 창조된다. 손님(독자)들은 '차림표를 통해 무슨 음식을 기대할 수 있을지 숙지한 뒤' 음미할 준비를 하거나,

'자기 입맛에 맞는 다른 식당으로' 자리를 옮길 수 있다. 소설집과 장편소설은 각각 그 차례의 형식이 다르다. 소설집의 경우 보통 여덟 편 내외인 수록작들의 제목이 제시되고, 장편소설의 경우 대개 권과 부, 장이 제시된다. 앞에서 첫 인용으로《업둥이 톰 존스 이야기》의 차례를 제시한 것은, 그동안 접해온 수많은 장편소설의 차례와 단연 구별되기 때문이다. 700쪽에 달하는 두 권 분량의 이 소설은 특이하게도 차례에만 14페이지를 할애하고 있다. 보통 차례는 본문과 구별되는 부속 부분에 속한다. 그런데 나에게《업둥이 톰 존스 이야기》의 차례는 부속이 아니라 본문의 가치, 곧 작품의 힘을 지닌다. 차례를 읽는 재미가 쏠쏠한데, 소설들에서는 경험해보지 못한 독특한 형식이기 때문이다. 독특하다는 것은 시간을 초월하여 새로움을 확보한다.

작가는 스스로를 돈을 받지 않고 개인적으로 식사를 대접하는 사람이 아니라, 돈만 내면 모두 환영하는 대중식당을 운영하는 사람으로 간주해야 하오. 잘 알려진 것처럼 전자의 경우, 접대자는 자신이 원하는 음식만 제공하면 될 것이오. 따라서 음식이 심지어 입맛에 맞지 않거나 아예 형편없더라도, (중략) 맛있다고 칭찬해야 하오. 하지만 식당 주인에게는 이와 정반대의 경우가 적용되는 법이오. 음식값을 지불하는 사람들은 자신들의 미각이 아무리 까다롭고 번덕스러울지라도 식당 주인이 이를 만족시켜주기를 요구할 것이며, 음식이 입맛에 맞지 않으면, 자신들에게 제공된 음식을 책잡고 욕하며 심지어 자제력을 잃고 마구 욕설을 퍼부울 권리가 당연히 자신들에게 있다고 주장할 것이기 때문이오.

헨리 필딩, 《업둥이 톰 존스 이야기》

소설은 기본 서사(이야기)와 그것의 형식, 기법 등의 구성법으로 이루어진다. 이야기는 일상적인 영역에, 플롯(구성)은 미학의 영역에 해당한다. 작가가 기본 서사를 어떻게 배치했느냐에 따라 같은 이야기라도 전혀 다르게 전달된다. 플롯 짜기에 민감한 작가들이 있는데, 대개 모더니스트들이 거기에 해당된다. 그들에게 플롯은 실험이자 놀이이다. 그들은 주어진 질료인 세상을 그대로 재현하려고 하지 않고, 어떻게 하면 자기 방식으로 해석하고 해체하여 재구성할 것인가에 집중한다. 레고놀이에 능한 아이처럼 그들은 다양한 방식으로 해체와 재구성을 시도하고 즐긴다. 그러나 플롯에 예민한 작가들일수록 내용, 곧 주제적인 측면을 한시라도 소홀히 해서는 안 된다. 《업둥이 톰 존스 이야기》의 차례 및 서두에서 보이는 짐짓 현란한 제스처는 다음과 같은 소설 본연의 소명을 직시하고 끝까지 완수해나갈 때 진정성을 획득한다.

우리가 여기서 제공하고자 하는 음식은 인간의 본성이오. 하지만 우리의 현명한 독자들이 아무리 호사스런 미식가의 입맛을 갖고 있다 할지라도 우리가 이 단 한 가지 음식만 제공한다는 사실에 깜짝 놀라 이의를 제기하거나 기분 나빠 할 거라 곤 생각지 않소. (중략) 학식 있는 독자들이라면 인간의 본성은(비록 여기서는 하나의 포괄적인 명칭 아래 모아놓았지만) 경이적일 정도로 다양해 작가가 이 방대한 주제를 다 소진하는 것보다 요리사가 이 세상에 있는 모든 동식물을(식재료로) 다 사용해 없애는 것이 오히려 더 용이할 거라는 사실을 모르지 않을 것이오.

헨리 필딩, 《업둥이 톰 존스 이야기》

소설 본연의 소명이란 인간의 본성을 탐구하는 것. 소설은 인간을 중심으로 세상의 이러저러한 측면을 서사화하는 작업이다. 인간을 중심으로 구성된다는 것은 인간의 심리, 곧 인간의 욕망과 그로 인한 갈등을 대상화한다는 의미이다. 《업둥이 톰 존스 이야기》가 발표된 1749년의 유럽은 계몽주의 시대였다. 그 양상은 나라마다 다르게 전개되었지만, 이때 발표된 작품들은 궁극적으로는 인간성 탐구에 귀결되는 공통점을 가지고 있다. 서사의 진행은 서간체 형식으로 사랑, 정념이나 윤리 사상을 전파할 목적으로 한 인간의 성장을 다루는데, 주인공 이름을 제목으로 내세우는 경우가 많다. 헨리 필딩이 《업둥이 톰 존스 이야기》를 쓰도록 직접적인 자극제가 된 당시의 베스트셀러 새뮤얼 리처드슨의 《파멜라》를 비롯한 몽테스키외의 《페르시아인의 편지》, 볼테르의 《캉디드》, 로렌스 스턴의 《트리스트럼 섄디》, 장 자크 루소의 《신엘로이즈》 등이 좋은 예이다.

요즘 유행처럼 이 작품을 '생에 대한 변명' 혹은 '생애'라고 부르지 않고 하나의 '역사'라고 칭하는 것은 합당할 것이오. 많은 공을 들여 방대한 양의 글을 쓰는 역사가보다는, 한 나라에서 벌어지는 큼직한 사건만을 기술하겠다고 공언하는 작가들의 글쓰기 방식을 나는 이 작품에서 사용하고자 하기 때문이오. 방대한 양의 글을 쓰는 역사가들은 자신의 연재물이 정기적으로 나올 수 있도록, 특별한 일이 일어나지 않은 시기도 큰 사건이 벌어진 특정 시기를 묘사할 때처럼 상세히 묘사해야 한다고 생각하고 있소.

헨리 필딩, 《업둥이 톰 존스 이야기》

작가의 의도가 집약된 차례에서 눈여겨볼 대목은, 작품이 총 열여덟 개의 권으로 구성되어 있고, 각 권당 열 개 내외의 장으로 구성되어 있는데, 1장은 소설론에 해당한다는 점이다. 위의 인용은 2권의 1장, 그러니까 작가가 이 소설의 제목을 톰 존스라는 업둥이에 대한 이야기로 명명한 것에 대한 의도 및 그에 따른 개념 정의와 장르 규정을 피력하고 있는 셈이다. 업둥이 톰 존스라는 사내의 이야기history란 곧 업둥이 톰 존스의 삶의 역사, 곧 인생사life-history가 되는 것이다. 프랑스어의 histoire는 '역사'를 의미하는 동시에 '이야기'도 뜻한다. 기록성이라는 고유한 속성에 따라 소설과 역사, 소설가와 역사가가 비교되고는 한다. 그러나 소설은 있는 그대로의 기록이 아니다. 현실의 사건(에피소드)을 적시하고 기록하는 데 그치지 않고 작가의 의도(주제)에 따라 선택되고 재배치된다. 사건 재현을 위한 사실적인 구성이 아닌 창조를 향한 허구적인 재구성이 이루어진다. 앞에서 언급한 대로 이러한 재구성은 플롯에 관계되며, 플롯은 시간과 공간 등이 유기적으로 작용할 때 한 단계 높은 미학의 차원으로 발전된다.

《업둥이 톰 존스 이야기》는 작가가 표명하기를, 로맨스와 서사시의 전통을 따르고 있다. 로맨스는 소설 이전의 형태로, 보통 사람보다 월등한 선남선녀들의 세계를 그린다. 독자들이 우러러보는 세계이며, 사건(이야기)은 일어난 시간 순으로 제시된다. 사건의 재배치, 곧 시간의 재구성(플롯)이 자유자재로 이루어지지 못한, 소설 이전의 상태이다. 현대소설의 특징 중 하나는 시간의 사용에서 작가들의 시간에 대한 인식이 어떠한가, 곧 작품 속에서 시간과 이야기의 관계가 어떻게 설정되었느냐가 관건이라는 점이다.《업둥이 톰 존스 이야기》는 작가 헨리 필딩이 매우 기발한 장치를 고안해 냈음에도, 이 시간의 사용이라는 면에서 현대소설로 나아가지 못하고 계몽주의의 산물로 기록된다. 그럼에도 불구하고, 열여덟 개의 소설론을 통해 작가가 소설을 쓰는 이유와 기법을 노출한 점에서 20세기 초 누보로망 작가들의 실험 작업과 동궤를 이룬다. 영국 계몽주의 시대의 인간과 소설, 그리고 소설론이 21세기 초 새삼 흥미롭게 다가오는 이유가 여기에 있다.

헨리 필딩,《업둥이 톰 존스 이야기》(전 2권), 김일영 옮김, 문학과지성사, 2012

힙한 천국과 망한 청춘의
우울한 비망록

김사과, 《천국에서》

미국, 뉴욕, 맨해튼, 브로드웨이.
김사과 소설에 등장하는 뉴욕은 21세기 독자적인 양식을 추구하는 청년 힙스터들의 도시이다.

김사과 소설의 출발은 매우 시적이다.

한눈에 훅 빠져들 정도로 시적인 문장과 이어지는 행간의 흐름은

경쾌하기도 하고 서정적이기도 하다.

그런데 서정적이고 경쾌한 시적인 문장 이면에 도사린 서사의 내용은 참혹하다.

김사과의 소설을 읽는다는 것은 21세기 한국 젊은 소설의 최전선과 만나는 것, 동시에 10대와 20대의 일상과 세계 인식을 가장 깊숙이 들여다보는 것을 뜻한다. 또한 이 말은 21세기 소설이란 무엇인가라는 원론적인 질문을 새삼, 다시 던지는 것과 같다. 각설하고, 스물한 살에 등단한 김사과의 데뷔 단편 첫 장면을 보자.

> 영이야. 아이들이 영이를 불렀다. 영이는 뒤를 돌아보았다. 그러니까 영이까지 합쳐서 다섯 명의 영이가 뒤를 돌아보았다. 먼저 은영이의 영이가 명랑하게 뛰어갔다. 정현이의 영이도 은영이에게 달려갔다. 주희의 영이는 아주 예쁜 레이스 치마를 입었다. 검은색 에나멜 구두가 주희의 눈동자에 가득 찼다. 마지막으로 채은이의 영이는 이상한 머리핀을 했다. (중략) 놀란 눈으로 영이는 달려가는 영이들을 바라봤다. 방금 전까지 영이는 영이 하나뿐이었는데 아이들이 부르자 하나의 영이와 네 개의 영이들이 된 것이다.
>
> 김사과, 〈영이〉, 《영이》

언뜻 이상의 시 〈오감도〉를 연상시킨다. 동시에 초현실주의 화가가 불러낸 무한 증식의 장면들을 보는 듯하다. 〈영이〉를 앞세운 김사과의 등장은 그동안 한국의 소설 실험들이 너무 소극적이고 관념적이었다는 것을 반증했다. 첫 장편 《미나》와 이어 지속적으로 발표한 《풀이 눕는다》, 그리고 《테러의 시》는 '앙팡 테리블enfant terrible'이라는 수사가 옹색하게 느껴질 정도로 이질적이고 파괴적이었다. 혹자는 그것을 단박에 혁명으로 알아보았다.

"민호." 수정이 인사한다. 문틈으로 수정의 흰 뺨이 약간, 직각삼각형 모양으로 드러난다. "수정." 민호가 인사한다. 수정이 열린 문틈으로 폴짝 뛰어들어온다. 수정이 빠져나온 틈새가 신속하게 메워지며 현관문 잠금장치가 세 음절로 노래한다.

　수정은 천천히 거실을 향해 걷는다. 하늘. 수정이 고개를 꺾고 천장을 바라본다. 샹들리에. 거기 빛이 있다. 수정은 눈을 가늘게 뜨고 미소짓는다.

　"미나."

김사과, 《미나》

　김사과 소설의 출발은 매우 시적이다. 한눈에 훅 빠져들 정도로 시적인 문장과 이어지는 행간의 흐름은 경쾌하기도 하고 서정적이기도 하다. 그런데 서정적이고 경쾌한 시적인 문장 이면에 도사린 서사는 참혹하다. 세이렌의 유혹처럼 거부할 수 없는 매력에 홀려 소설의 함정에 쑥 빠져들지만, 거기에서 빠져나올 때는 끝을 본 자의 공허에 질려 있을 뿐이다. 김사과가 다루는 내용은 하나같이 한국 사회가 은폐하거나 방기하고 있는 최악의 장면, 최악의 사태들이기 때문이다. 폭력으로 점철된 가족의 일상을 그린 단편 〈영이〉, 죽어서라도 친구의 마음을 느껴보고자 살인을 저지른 10대 소녀의 극단적인 욕망을 다룬 《미나》, 조선족 제니와 영국인 불법체류자 '리'를 통해 서울로 대표되는 한국의 총체적인 파국을 '테러의 시간'으로 접근한 《테러의 시》가 그것이다.

　길은 하늘과 구별되지 않는다. 하늘은 모래와 구별되지 않는다. 모래는 도시와 구별되지 않는다. 노란 꿈이 절정에 닿아 있다. 차가 모래 속에서 전진한다. 모래가 차 위로 전진한다. 커튼 속 여자들이 어둠 속에서 꿈틀거린다. 갑자기, 굉음과 함께 차가 살짝 흔들린다. 여자가 뒤를 돌아본다. 그들이 방금 빠져나온 집이 무너져 내린 것이 보인다.

무너져 내린 집에서 동물의 커다란 비명 소리가 들려온다.

(중략) 제니가 웃는다. 찢어진 커튼 속에서 제니가 웃는다.

김사과, 《테러의 시》

소설의 속성은 재미, 그러니까 오락의 기능에 있다. 소설이 많은 독자를 거느릴수록 오락성에 뿌리를 두고 있음은 두말할 나위가 없다. 문학사 속의 소설은 예술과 사상, 둘 중의 하나에 무게중심을 두고 있다. 오락의 세계는 이 둘 중 어느 것과도 결합 가능하다. 작품성과 재미를 두루 갖춘 소설들이 그것이다. 하지만 재미가 있다고 해서 작품성을 갖춘 것은 아니다. 마찬가지로 작품성이 높다고 해서 재미가 있는 것만은 아니다. 특정한 부류의 독자, 소수의 독자에게 재미보다는 의미가 있는 소설들이 있다. 충격을 통해 불편한 진실을 조명하는 김사과의 경우가 이에 해당될 것이다. 충격은 새로움을 갱신하는 가장 효과적인 미학 기법이다. 첫 소설집 《영이》에서부터 장편 《테러의 시》까지 경쾌한 스타카토 문장과 잔혹한 영상으로 충격파의 수위를 높여갔다면, 《천국에서》는 충격을 완화시키며 그동안 의도적으로 단절시켰던 서사를 복원하고 있다.

케이는 원하고 있었다. 흥미진진한 뭔가를. 삶의 모든 지루함을 날려버려줄. 그런 걸 얻을 수 있다면 뭐든 하겠다. 어떤 위험이든 상관하지 않겠다. (중략) 케이가 원하는 건 그저 사람들이 우와, 하고 부러워할 만한 것들, 근사해 보이는 사람들 틈에 끼어서 보란 듯이 젊음을 과시하는 것이었다. (중략) 약간의 용기는 필요했다. 가끔 늦은 새벽 혼자서 불 꺼진 거리를 가로질러야 했고, 파티에서 만난 모르는 사람이 준 뭔가를 삼켜야 하기도 했다. 하지만 뭐 어때. 어차피 잠깐이잖아. 결국은 돌아가야 할 테니까. 그리고, 그러고 나면,

(중략) 어쩌면 이게 내가 가진 운의 전부다.

김사과, 《천국에서》

《천국에서》는 김사과가 즐겨 사용한 '핫'한 충격 대신 '힙'한 현장을 제시한다. 한국의 속성 자본주의 시스템의 산물인 속물 중산층 출신 여대생 케이의 방랑기로 요약할 수 있는 이 소설은 '힙스터hipster'들의 일상과 의식을 바닥까지 보여준다. 힙스터란 사전적인 의미로는 대중의 큰 흐름을 따르지 않고 자신들만의 고유한 패션과 음악 문화를 좇는 부류를 뜻한다. 처음에는 패션용어였으나 2000년대 뉴욕과 전세계 대도시로 급속도로 퍼져나가면서 사회적인 용어로 자리 잡은 상태이다. 뉴욕 맨해튼, 서울의 홍대 앞과 신사동 가로수길을 힙스터들의 무대로 꼽는데, 소설에도 그대로 등장한다.

케이가 약속 장소인 가로수길의 까페에 도착했을 때 재영은 이미 그곳에 와 있었다. 창가에 앉아 커피잔을 내려다보고 있는 재영은 언제나처럼 완벽했다. 숱이

많은 짙은 갈색 머리는 어깨 너머로 가지런히 넘겨져 있었고, 살굿빛 블라우스 위로는 값이 많이 나가 보이는 가느다란 금 목걸이가 드리워져 있었다. 의자 아래로 보이는 신발 위에는 토리 버치의 금색 로고가 반짝거렸다. 케이가 손을 흔들며 재영에게 다가갔다. (중략) 케이는 자리에 앉으며 재영의 옆에 놓인, 이제는 꽤 낡은 티가 나는 발렌시아가의 모터백을 흘끗 본 다음 뉴욕에서 사온 자신의 알렉산더 왕 숄더백을 탁자에 올려놓았다.

"가방 샀어? 예쁘다." 재영이 말했다.

"응, 뉴욕에서. 쎄일하길래 샀어."

김사과, 《천국에서》

《천국에서》의 중심인물인 케이는 서울의 사립여대 국제학부 학생으로 영어 연수를 위해 뉴욕에서 여름을 보내고 돌아온 참이다. 본명은 한경희. 케이는 어설프게 '뉴욕물'을 먹은 힙스터로서의 현재 이름을, 한경희는 초등학교 시절 아버지의 사업 실패로 3년 동안 옮겨가 살았던 인천의 과거 이름을 지칭한다. 한 인물이 어떻게 불리느냐에 따라 전혀 다른 양상을 띠는데, 둘의 길항작용에 따라 서사적 긴장감이 팽팽하게 형성된다. 힙스터들의 천국 뉴욕에서 여름 한철을 보내고 돌아온 케이에게 서울의 모든 것은 시시하게 비친다. 이후 케이의 동선動線은 이 시시함의 지옥에서 벗어나려는 안간힘, 곧 통과제의에 해당한다.

케이는 모든 것이 시시하게 느껴졌다. 그것은 뉴욕에 갔다 온 뒤로 시작된 증세였다. 돌아온 뒤 서울의 모든 것이 하나같이 어딘가 모르게 덜떨어지게 느껴졌다. 특히나 사람들이 그랬다. 세련되게 젊음을 탕진하는 귀여운 백인 여자애나 3개 국어를 할 줄 아는 어딘가 천재 같은 유대인은 서울에서는 기대할 수가 없기 때문이다. 물론 서울에서 만난 사람들도 좋은 점은 있었다. 하지만 나쁜 점도 그만큼 있었다. 한마디로 어정쩡했다. (중략) 케이는 이 어정쩡한 상황에서 자신을 꺼내줄 뭔가를 간절히 원하고 있었다.

김사과, 《천국에서》

케이는 다가오거나 우연히 만난 남자들을 통해 저쪽(뉴욕)과 이쪽(한국), 케이와 한경희의 간극을 직시한다. 뭘 해보기도 전에 망해버린 세상, 망해버린 청춘. 이런 케이의 심리 상태와 외부 환경을 독자가 마치 자기 일인 양 겪을 수 있는 것은 중간중간 장치한 작가의 코멘트—부연 설명, 혹은 추신, 혹은 여담, 혹은 이중 서술—효과가 크다. 새로움이란 작가의 타고난 감각과 사회학적 내공의 산물임을 여실히 보여주는 예이다. 그것이 김사과를 읽는 이유이다.

그 여름 케이가 뉴욕에서 경험한 것은 특별한 것이 아니었다. 그것은 경제적 자유주의의 확산과 인터넷의 발달로 인해 서양과 일부 아시아 국가의 중산층 젊은이들 사이에 퍼져나간 삶의 양식으로, 전후 부흥기가 남긴 마지막 한조각의 케이크였다. 즉, 케이를 포함한 이 젊은이들은 20세기에 대량생산된 중산층의 마지막 세대, 혹은 몰락하는 중산층의 가장 첫번째 세대였다.

(중략) 우리는 어떤 것도 소유할 수 없다. 우리가 소유하게 되는 것은 소유했다는 환상뿐이다. (중략) 마지막에 남는 것은 탕진의 기술이다.

(중략) 좋은 날은 다시 돌아오지 않을 것이다. 하나의 세계가 몰락하는 중이었고, 케이는 바로 그 안에 속해 있었다.

김사과, 《천국에서》

김사과, 《미나》, 창비, 2008

김사과, 《영이》, 창비, 2010

김사과, 《테러의 시》, 민음사, 2012

김사과, 《천국에서》, 창비, 2013

이야기, 소설,
'그리고'의 세계

할레드 호세이니, 《그리고 산이 울렸다》

네팔 히말라야 산.
일출 순간의 히말라야 안나푸르나 준봉들.

이들이 살고, 떠나고, 넘고, 돌아보고 다시 이어가는 각 장은

하나하나가 산이고, 산들은 골짜기, 즉 행간마다 메아리를 품고 있다.

그리고 할레드 호세이니의 소설을 말할 때가 되었다. '그리고'를 서두에, 그것도 첫 문장의 첫 번째 자리에 놓는 행위는 선先 역사를 거대한 괄호로 묶는 것, 괄호 안의 세계를 공유한 자들 간의 암묵적인 기호 같은 것. 여기에서 선 역사란 19세기부터 20세기 후반까지 미국을 대표하는 소설가들의 작품이 해당된다. 이들을 '그리고'라는 괄호 속에 넣고 할레드 호세이니의 소설을 만나는 것은, 작가론에 준하는 선행 정보들을 공유한다는 의미가 전제되어 있어야 한다. 즉 그는 아프가니스탄 카불 출신이라는 것, 둘째 그는 현직 의사라는 것, 셋째 그는 서사 문학의 원류인 이야기(스토리텔링)에 강한 작가라는 것, 넷째 그것으로 21세기 소설계를 세계적으로 열광시키고 있다는 것, 그리고 그것으로 현재 미국을 대표하는 작가 중 한 명이라는 것.

영어를 공용어로 쓰나 다인종 · 다언어 · 다민족 이민자들로 구성된 미국의 현대소설은 하나로 정의 내릴 수 없는 특수한 환경이다. 최근 10년 동안 새롭게 등장한 미국의 소설들을 통해 파악한 바로는, 다인종 · 다언어 · 다민족 이민자 공동체에 뿌리를 둔 작가들의 약진이 주목할 만하다. 《이름 뒤에 숨은 사랑》의 인도 벵골 출신 줌파 라히리, 《오스카 와오의 짧고 놀라운 삶》을 쓴 도니미카 출신의 주노 디아스, 그리고 《연을 쫓는 아이》의 저자 아프카니스탄 출신 할레드 호세이니가 그들이다. 신분이 다른 열두 살 동갑내기 두 사내아이의 우정 이야기를 아프가니스탄의 불행한 역사 현실 속에 녹여낸 호세이니는, 일찍이 발자크가 꿈꾸었던 바, 한 명의 작가가 펜을 무기로 세상에 떨칠 수 있는 영향력의 최대치를 보여주었다.

나는 1975년의 어느 춥고 흐린 겨울날, 지금의 내가 되었다. 그때 나는 열두 살이 었다. 나는 그날, 무너져가는 담장 뒤에서 몸을 웅크리고 얼어붙은 시내 가까이 의 골목길을 들여다보고 있었다. 오래전 일이다. 사람들은 과거를 묻을 수 있다 고 얘기하지만, 나는 그것이 틀린 말이라는 걸 깨달았다. 과거는 묻어도 자꾸만 비어져 나오는 것이기 때문이다. 돌이켜보면, 나는 지난 26년 동안 아무도 없는 그 골목길을 내내 들여다보고 있었던 것 같다.

할레드 호세이니, 《연을 쫓는 아이》

소설이란 주인공이 자신이 품고 있는 이상과 맞지 않는 현실에 맞서다가 고난을 통해 진정한 자아를 인식하는 과정을 기본 틀로 삼는다. 할레드 호세이니의 《연을 쫓는 아이》는 소설에 대한 게오르그 루카치의 고전적 명제를 충실히 따르고 있다. '지금의 내'가 되기까지의 여정이 소설의 핵심을 이루고 있는 것. 이는 소설 독자들에게 가장 익숙하고, 안정적인 구조이다. 호세이니가 '21세기의 경이'라고 불릴 만큼 탁월한 이야기꾼으로 인정받게 된 데에는 그의 소설이 인류의 서사 원형 가운데 하나인 '천일야화千一夜話'의 원리를 따르고 있기 때문이다. 세에라자드가 매일 밤 왕에게 새로운 이야기를 들려줌으로써 목숨을 구한 '천일야화'는, E. M. 포스터의 견해에 따르면, 인간의 기본적인 정서와 호기심을 자극하는 '스토리(이야기)'의 세계를 대변한다. 문학 장르에 대한 전문적인 구별 없이 오락으로 소비하는 독자에게 소설은 '꾸며낸 재미있는 이야기'일 뿐이다. 동시에 입에서 입으로 전하는 구어口語의 세계이기도 하다. 어린 시절, 잠들기 전에 자장가 삼아 할머니나 어머니에

게 청해서 수없이 들었으되, 아무리 들어도 질리지 않던 '옛날 옛
적 어느 마을에……'로 시작되는 옛이야기들이 그것이다.《그리고
산이 울렸다》에서 호세이니는 이 방식을 아예 비석처럼 첫 장에
드러낸다.

> 그래, 얘기를 해달라니 해주마. 그러나 딱 하나만이다.
>
> (중략) 아득히 먼 옛날에 아유브라는 이름의 농부가 살고 있었단다. 그는 마이
> 단 사브즈라는 작은 마을에서 가족과 함께 살았다. 그런데 아유브에게는 먹여 살
> 려야 할 가족이 많아서 날마다 힘들게 일을 해야 했다.
>
> (중략) 그래도 아유브는 스스로를 운이 좋은 사람이라고 생각했어. 그 무엇보
> 다도 소중한 가족이 있었기 때문이야.
>
> (중략) 아유브는 자식 모두를 사랑했지만, 속으로는 막둥이인 카이스를 특히
> 좋아했단다. 막내는 이제 막 세 살이었어.
>
> (중략) 그런데 참, 세상일이란 게 얘들아, 아유브의 행복한 나날은 곧 막을 내
> 리고야 말았다.
>
> 어느 날, 악마가 마이단 사브즈 마을에 왔다.
>
> (중략) 가족은 이튿날 새벽까지 한 아이를 내줘야 했단다.
>
> 할레드 호세이니,《그리고 산이 울렸다》

소설의 출발점인 이 첫 대목은 소설 전체를 감싸는 메아리 역할
을 한다. 가난하지만 행복하게 살던 한 가족이 악마의 요구에 아이
를 내준다. 아비가 아이를 찾으러 목숨을 걸고 악마와 싸우러 갔을
때, 아이는 놀랍게도 가족과 집을 깨끗이 잊고 먹을 것이 넘치는

향기롭고 평화로운 악마의 집에서 행복하게 살고 있다. 아비는 집보다 나은 환경에서 아들이 살아가게 둘 것인지 비참한 현실이지만 그래도 아이를 데려가 가족들 품에서 자라게 할 것인지, 악마가 강요하는 선택의 기로에 놓인다. 결국 아비가 아이를 포기하고 돌아서자 악마는 약을 한 병 내민다. 약을 마시고 돌아온 아비는 아이를 잊고 남은 가족을 돌보며 열심히 살아가지만, 이 아들을 묻은 망각의 늪은 없는 듯 가려져 있다가 불현듯 그의 삶을 지배한다. 이 첫 장의 에피소드는 이후 아들 압둘라와 딸 파리 남매 이야기로 옮겨져 전개된다.

> 아버지가 이를 악물고 말했다.
>
> "집에 가라."
>
> 파리가 위에서 흐느끼는 소리가 압둘라의 귀에 들렸다.
>
> 그때 아버지가 다시 한 번, 더 세게 때렸다. (중략) 얼굴이 얼얼했고 눈물이 더 났다. 왼쪽 귀가 울렸다. 아버지가 몸을 굽히고 몸을 기울였다. 너무 가까이 기울이는 바람에 그의 어둡고 주름진 얼굴에 사막과 산과 하늘이 가려졌다.
>
> (중략) "너, 포기 안 할 셈이구나."
>
> 수레 안에서 파리가 후다닥 손을 뻗어 압둘라의 손을 잡았다. (중략) 압둘라가 옆에 있는 한, 어떤 나쁜 일도 자기에게 일어나지 않을 것처럼, (중략) 압둘라는 파리의 손을 꼭 쥐었다.
>
> 할레드 호세이니, 《그리고 산이 울렸다》

할레드 호세이니의 소설은 인터넷 매체 환경의 초단자화된 사회 구조 속에 더 이상 서사적 전통을 기대할 수 없으리라는 전망을 보기 좋게 배반한다. 강렬한 서사성과 울림을 특장으로 한 그의 소설들은 열두 살 사내아이들의 어긋난 우정과 재회의 이야기라든지《연을 쫓는 아이》), 한 남자에게 종속된 젊은 두 여자의 기구한 운명과 우정 이야기라든지《천 개의 찬란한 태양》), 서로 자기 목숨보다 아꼈지만 가난 때문에 생이별을 해야 했던 남매의 처절한 사랑 이야기《그리고 산이 울렸다》) 등 가족의 테두리를 벗어나지 않는 내용에 기대고 있다. 그러나 강한 흡인력과 울림은 작가의 문체에서 기인한다. 문체는 보다 근원적인 것, 곧 작가의 심성과 태도에 관계된다. 여기에 그가 취하는 소설 양식이 모두 장편이라는 점, 이들 소설의 중심 무대가 태생지이자 산악지대인 아프가니스탄이라는 점도 주목할 만하다.《그리고 산이 울렸다》에서 아프가니스탄을 벗어난 공간들(프랑스, 그리스, 미국)이 펼쳐지기도 하지만, 서사의 중심은 제목이 암시하는 대로 산이 많은 아프가니스탄 카불 그리고 카불에서 멀리 떨어진 샤드바그라는 가상공간, 유년의 공간으로 되돌아온다.

햇살이 화사한 오후다. 그들은 다시 한 번 어린아이로 돌아가 있다. 오빠와 동생. (중략) 그들은 꽃이 화사하게 핀 사과나무 그늘의 웃자란 풀밭에 누워 있다. 그들의 등에 와 닿는 풀이 따스하다. 햇살이 흐드러진 꽃들 사이로 반짝이며 그들의 얼굴에 와서 닿는다.

(중략) 그녀가 얼굴을 돌려 그를 바라본다. (중략) 그러나 얼굴이 너무 가까이 있어서 얼굴 전체를 다 볼 수가 없다. (중략) 그러나 괜찮다. 그의 옆에 있는 것만

으로, 그와 함께 있는 것만으로 충분히 행복하니까.

할레드 호세이니, 《그리고 산이 울렸다》

고대 아라비아의 왕비 셰에라자드는 매일 밤 새로운 이야기로 천 하룻밤의 목숨을 연장했지만, 현대 사회에서 소설은 이야기 전달력으로만 독자들의 호기심을 모아 생명력을 지속시킬 수 없다. 작가가 전작 《연을 쫓는 아이》와 《천 개의 찬란한 태양》에서는 이야기하기에 집중했다면, 《그리고 산이 울렸다》에서는 이야기를 풀어가는 방식에 변화를 시도하고 있다. 곧 '이야기'에서 한 차원 높은 미적인 형식인 '소설'로 진입한 셈이다. 그리하여 이 소설은 압둘라와 파리 남매의 생이별을 중심축으로 하면서 1949년부터 2010년까지의 세월을 각기 다른 화자들이 등장해 다양한 시점으로 이야기한다. 카불이든 샤드바그든 프랑스든 그리스든 이들이 살고, 떠나고, 넘고, 돌아보고 다시 이어가는 각 장은 하나하나가 산이고, 산들은 골짜기, 즉 행간마다 메아리를 품고 있다. '그리고'의 선 역사처럼, 부메랑으로 돌아오는 메아리의 정처定處는 사랑이 되기도 하고, 도리에 대한 죄의식(윤리)이 되기도 하고, 향수鄕愁가 되기도 한다. 산이 깊을수록 메아리는 깊고 크다. 이것이 호세이니의 《그리고 산이 울렸다》의 본질이다.

할레드 호세이니, 《연을 쫓는 아이》, 왕은철 옮김, 현대문학, 2010
할레드 호세이니, 《그리고 산이 울렸다》, 왕은철 옮김, 현대문학, 2013

어떤 무용無用의 세계

정영문, 《어떤 작위의 세계》

미국, 캘리포니아, 샌프란시스코.
골든게이트교 건너 소살리토에서 바라본 샌프란시스코.
일체의 관습적인 기성 문화에 반기를 든 20세기 청년 히피들의 성소.

정영문은 누구, 아니 무엇인가?

그가 누구인지 알아내는 방법은 철저히 그가 누구인지 모른다는 것을

전제로 할 때 가능하다.

벌써 10년 전이다. 펜으로 정영문의 작가 초상을 그린 적이 있다. 제목을 얹고 그림을 그리기 시작했던가, 아니면 다 쓰고 제목을 얹었던가. 기억이 확실하지 않다. 어쨌든 그때 계간지 《문학동네》에 공식적으로 발표된 그 작가 초상의 제목은 '이것은 정영문이 아니다'이다. '깃털의 현상학'이란 부제를 곁들였는데, 뭔가 그럴듯한 가필이 필요했던 모양이다. 초상화의 첫 획은 이렇게 출발한다.

101) 초현실주의 화가 마그리트 식으로 표현하자면, 아니 후기구조주의자 푸코 식으로 주석을 달자면, 이것은 정영문의 초상肖像이 아니다. 나는 다만 느리게 공중을 유영하는 어느 날개 큰 새의 깃털을 눈으로 따라갈 뿐이다.

100) 깃털로 보아 그는 전생에 시조새[始祖鳥]였거나 후생에 알바트로스[信天翁]와 연결되지 않을까. 조류 최고最古이나 화석 동물이고 이가 있으며 날개에 발톱이 달린 시조조보다는 그는 어쩌면 보들레르의 애조愛鳥 신천옹에 가까울지 모른다.

(중략)

98) 가벼움으로, 혹은 어렴풋함으로 존재감이 몹시 불안정해도 나는 이 글을 마칠 때까지 깃털의 흐름을 놓치지 않으려고 노력할 것이다. 피카소처럼 '새'를 극단순하게 스케치하려면, 프레베르처럼 〈새의 초상화를 그리기 위해서〉는 얼마나 오랜 시선을 대상을 향해 유지해야 하는가.

함정임, 〈이것은 정영문이 아니다—깃털의 현상학〉, 《문학동네 31호》, 2002 여름

'이것은 정영문이 아니다'라고 깃발처럼 내건 이 글의 제목은 사실 초현실주의 화가 르네 마그리트의 그림 〈파이프〉에서 차용한

것이다. 그림에는 파이프가 큼직하게 그려져 있다. 그런데 파이프 아래에는 이렇게 쓰여 있다. '이것은 파이프가 아니다Ceci n'est pas une pipe.' 분명 눈에 보이는 것은 파이프 '형상(이미지)'이나, 눈으로 읽는 것은 파이프가 아니라는 '텍스트(문자)'이다. 이 그림을 놓고 후기 구조주의 철학자인 미셸 푸코는 장문의 철학적 분석을 수행했는데, 해석의 요지는 '이미지의 반역', 문학용어로는 '모순Ironie 어법'이다. 곧 관습적으로 보고 읽는 행위에 대한 충격과 배반을 통해 새로운 의미, 새로운 해석을 유도하고, 창출하는 것.

정영문은 누구, 아니 무엇인가? 그가 누구인지 알아내는 방법은 철저히 그가 누구인지 모른다는 것을 전제로 할 때 가능하다. 그래서 동원된 것이 시조새이며 앨버트로스이다. 내가 알 수 있는 것은 도무지 없으며 기껏해야 깃털 수준, 그것도 얼핏 보였다 사라지는 신기루 같은 수준, 곧 현상일 뿐이라는 것. 정영문이라는 작가에 대한 초상은 그가 지어낸 텍스트(문자 행위)로 이행된다.

이 글에는 샌프란시스코에 관한 이야기도 있지만 이 도시에 관한 이야기는 아니다. 나는 이 도시에 머물면서 되도록 많은 것을 보고 듣고 느끼고 경험하려 하지 않았는데 특별히 보고 듣고 느끼고 경험하고 싶은 것이 없었기 때문이다. 이 글은 그냥 보이는 대로 보고 들리는 대로 듣고 느껴지는 대로 느끼고 어쩔 수 없이 경험되는 대로 경험한 것들에 대한 이야기이다. 아니, 그보다는 보이는 대로 보지 않고 들리는 대로 듣지 않고 느껴지는 대로 느끼지 않고 경험한 대로 받아들이지 않은 것들에 대한 이야기이다.

정영문, 《어떤 작위의 세계》

한 편의 소설을 창작하는 것은 한 채의 집을 짓는 것과 유사하다. 모순 어법이란 이런 집 짓기에서 한 단어 한 단어 연결해 문장을 만들고, 한 문장 한 문장 축조해가다가, 문득 지금까지 진행된 과정(길)을 전면 부인하거나 싹둑 잘라버림으로써 무효로 돌리는 서사법이다. 이러한 모순 어법을 소설에 끌어들인 작가는 프란츠 카프카이다. 정영문이 한 단락, 또는 한 장면 끝에 이르러 매번 서사의 흐름을 뒤엎는 전복의 방식이라면, 카프카는 한 문장 안에 배치된 어휘의 차원에서 작동하는 것으로 파악된다. 이러한 특징으로 인하여 카프카의 문장은 매끄러운 번역이 불가능한 것으로 정평이 나 있다. 아무리 유능한 독일어 번역자라도 카프카의 문장만은 읽어내기 쉽지 않은 어색한 문장으로 옮겨놓을 수밖에 없다는 것이다. 그런 맥락에서 번역자들은, 아이러니하게도 카프카의 문장을 제대로 옮기는 것이야말로 가장 읽기 곤란한 상태라고 토로하기도 한다.

"너는 이제 더 이상 무엇을 알고 싶은가?"라고 문지기가 묻는다. "네 욕망은 채워질 줄 모르는구나." "하지만 모든 사람들은 법을 절실히 바랍니다" 하고 그 남자는 말한다. "지난 수년 동안 나 이외에는 아무도 입장을 허락해줄 것을 요구하지 않았는데, 어째서 그런가요?" 문지기는 그 시골 사람이 이미 임종에 다가와 있다는 것을 알고, 희미해져가는 그의 청각에 들리도록 하기 위해서 소리친다. "이곳에서는 너 이외에는 아무도 입장을 허락받을 수 없어. 왜냐하면 이 입구는 단지 너만을 위해서 정해진 곳이기 때문이야. 나는 이제 가서 그 문을 닫아야겠네."

프란츠 카프카, 〈법 앞에서〉, 《변신》

소설의 근간은 스토리이다. 스토리는 진행되면서 문맥을 형성하고, 그 문맥에 따라 독자는 내용을 파악한다. 그런데 〈법 앞에서〉를 비롯하여 카프카의 소설들은 스토리를 따라 읽어도 마치 비밀을 내장한 암호문처럼 문맥이 쉽게 간파되지 않는다. 프라하의 독일계 유대인 출신이라는 카프카의 특수한 정체성이 그의 언어(소수 민족의 언어), 곧 어휘의 이면에 스며들어 있기에 어휘들의 합성인 텍스트의 표면을 이루는 스토리만으로 그 속뜻을 꿰뚫어보기가 쉽지 않다. 꿰뚫기는커녕 작품 속으로 들어가는 방법조차 찾아내지 못해서 전전긍긍한다. 질 들뢰즈와 펠릭스 가타리의 저서 《카프카―소수적인 문학을 위하여》에 따르면 '수많은 리좀(뿌리줄기), 또는 굴을 거느린 소설'로 부각되기도 한다. 카프카의 작품으로 들어가는 데 애를 먹는 만큼 빠져나오는 데에도 마찬가지이다. 어디서 시작되었는지, 또 어디에서 끝날지 알 수 없는 꿈속에 느닷없이 끌려 들어와 있는 듯한 느낌과 흡사하다.

정영문의 소설은 카프카의 그것처럼 거대한 꿈의 파편들로 이루어진 형국이다. 어떤 소설을 써도 결국은 꿈이라는 제국으로 귀속될 뿐이다. 때로 꿈은 성城으로 대체되거나, 굴 또는 리좀으로 대체할 수 있다. 입구를 찾아 헤매지만 결국 찾지 못하는 악몽이 카프카 소설의 본질에 해당한다면, 정영문의 꿈은 카프카적이지만 리좀이나 굴, 성을 향한 강박이 제거되어 있고, 그 대신 '지극히 사소하고 무용한' 말놀이가 서사의 동력을 형성하고 있다.

언젠가부터 나는 내가 꼬리뼈를 세게 부딪친 후 이상한 사람이 되었기에 이상한 사람으로 살 수밖에 없는 운명이라고 생각했다. 실제로 나는 일곱 살 무렵 가을에 집 마당에서 감을 따러 감나무에 꽤 높이 올라갔다 떨어져 잠시 정신을 잃은 후, 정신이 든 뒤에도 한참 동안 꼼짝할 수 없었고, 그래서 감나무 아래 누워 꼬리뼈 주위가 몹시 고통스런 상태에서, 내가 따려고 올라갔지만 따지 못한 감들을 올려다보며, 이 세상에는 내가 딸 수 없는 것들도 있다는 생각을 하지는 않았지만, 이 세상은 감을 따다 죽을 수도 있는 세상이라는 생각을 하며, 어떤 이상한 생각들에 사로잡혔고, 그 생각들이 재미있게 여겨졌고, 그런 생각들을 앞으로 많이 해야겠다는 생각을 했고, 그 후로 자연스럽지 않은 생각과 감정 들에 자연스럽게 이끌리게 되며 이상한 사람이 되었다고 생각했다.

아니, 사실, 그것이 사실인지는 알 수 없고, 사실이 아닐 가능성이 더 크지만, 나는 그렇게 믿게 되었고, 그것은 내가 이상해진 시발점이 되었다.

정영문,《어떤 작위의 세계》

정영문의《어떤 작위의 세계》는 그동안 지속해온 카프카적 악몽과 모순 어법을 기저로 '지독히 사소하고 무용하며 허황된 고찰로서의 글쓰기'를 표방한다. 위의 인용에서 보듯 그의 소설은 독자가 읽어나가면서 나름대로 참여하여 상상하고 합성하여 창조하는 의미를 전복시키고 절단한다. 신기한 것은 그러한 전복과 절단이 일회성이 아니라 무한대로 증식되고 뻗어 나간다는 것이다. 이런 방식이 가능한 것은 정영문의 생래적인 기질과 그것과 연계된 창작법에 기인한다. 곧, 중얼거리기와 어긋나기. 작품으로 예를 들면, 왕의 끝없는 독백으로 이루어진 장편《중얼거리다》, 권태와 무관심의 절정인《하품》, 무한대로 접힌 꿈들의 끝없는 순환인 소설집《꿈》이 있다. 외형상으로 작가이자 번역가인 한 사내의 샌프란 시스코 체류기 또는 표류기인《어떤 작위의 세계》는 궁극적으로 그가 일관되게 탐구해온 무의미와 무용無用에 대한 현재적 총화이 다. 여기에서 작위作爲란 꾸며낸 심리의 축조, 즉 소설의 본령이다. 결국《어떤 작위의 세계》란 '어떤 소설의 세계'인 셈이다.

이야기가 또 옆으로 새는데, 그것은 이 소설이 어디로 나아가도 좋기 때문이고, 이것은 또한 이 소설이 말하고자 하는 것이 아무것도 없기 때문이다. 내가 원하 는 것은 하나의 이야기에서 또 다른 이야기가 파생하고 이탈해 그것들이 뒤섞이 며 모든 것이 뒤죽박죽이 되는 소설이다.

정영문, 《어떤 작위의 세계》

프란츠 카프카, 《변신 – 카프카 전집》, 이주동 옮김, 솔, 1997
함정임, 〈이것은 정영문이 아니다 – 깃털의 현상학〉, 《문학동네 31호》, 2002 여름
정영문, 《어떤 작위의 세계》, 문학과지성사, 2011

21세기 환상의
출처

호르헤 루이스 보르헤스, 《픽션들》

프랑스, 파리, 파리 국립도서관.
보르헤스 소설의 시작과 끝, 그에게 도서관은 우주이다.

보르헤스적인 소설 또는 환상이란

가짜 전기, 가짜 주석, 관념의 구체화 또는 탐구 과정으로 요약되며,

이 모두는 도서관의 책들에서 출발한다.

세상의 모든 이야기는 기억에서 출발해 망각을 향해 간다. 망각 또는 죽음. 언젠가는 모두 죽게 마련인 인간이 삶을 조금이라도 연장하기 위해 고안해낸 장치가 이야기인 만큼 인류는 끊임없이 이야기의 내용과 형식을 갱신해왔다. 고대 그리스의 호메로스, 16세기의 세르반테스, 19세기의 플로베르나 20세기의 조이스, 그리고 보르헤스 같은 작가들은 인류의 이야기를 종이라는 세상 위에 기록하기 위해 선대로부터 물려받은 조국과 가문의 종교를 버리고 문학으로 개종改宗한 자들이다. 그리고 그들은 죽을 때까지 이 '문학'이라는 종교에 헌신했다. 그들은 보통 인간의 능력을 뛰어넘는 행적으로 인류에 빛나는 유산을 남겼고, 소설사에서 순교자 또는 성인聖人으로 추앙받고 있다. 그런 의미에서 세상의 헤아릴 수 없이 많은 도서관들은 이들의 업적인 작품을 기리고 전파하는 성소聖所이자 보고寶庫이다.

여기, 21세기 한국의 오래된 도서관에 입고된 한 권의 소설책이 있다. 라틴아메리카 아르헨티나 출신 호르헤 루이스 보르헤스의 소설집《픽션들》.

앞에서 나는 이야기를 생生의 연장술로 '고안'해냈다고 말했다. 여기에서 고안이란 자연과학적인 용어로 달리 부르면 '발명'이 되고, 한 번 더 인문학적으로 달리 부르면 '창조', 그러니까 '창작' 행위가 된다. 20세기 후반 뉴욕의 폴 오스터는 여기에서 착상을 얻어 관념 세계의 '고독'을 물질세계의 어떤 것처럼 발명해내기에 이르는데, '보이지 않는 남자의 초상화'와 '기억의 서書'라는 두 개의 장으로 이루어진《고독의 발명》이 그것이다.

어느 날에는 삶이 있다. 이를테면 건강도 아주 좋고 늙지 않고 병력病歷도 없는 한 남자가. (중략) 자기의 사업을 염두에 두고 오로지 자기 앞에 놓인 삶만을 꿈꾸면서 하루하루를 살아간다. 그러나 다음에는 갑자기 죽음이 찾아온다. 한 남자가 짧은 한숨을 내쉬고 의자에 앉은 채로 무너져 내린다.

(중략) 그 집에 있었던 것: 시계 하나, 스웨터 몇 개, 재킷 하나, 자명종 하나, 테니스 라켓 6개, 겨우겨우 움직이는 오래되고 녹슨 뷰익 승용차 한 대, 한 벌의 접시들, 커피 테이블 하나, 전기 스탠드 서너 개. 다니엘을 위한 미니어처 조니 워커 술병 하나. 텅 빈 사진 앨범. 이것이 우리의 삶이다: 오스터 가족.

폴 오스터, 《고독의 발명》

이것은 소설이 아니다. 폴 오스터가 서른 살 무렵에 발표한 자전적 에세이이다. 그런데 나에게는 오스터의 그 어떤 소설보다도 더 '소설적'으로 읽힌다. 여기에서 피할 수 없이 질문 하나가 솟구친다. 도대체 '소설'은 무엇이고 '소설적'이란 무엇인가? 이해란 항상 비교를 통해 접근 가능하다.

보르헤스는 단편 〈두 갈래로 갈라지는 오솔길들의 정원〉에 리델 하드 대위가 쓴 《유럽 전쟁사》를 소개한다. 그 책 242페이지 부분을 전하는데, 1916년 7월 24일 영국군이 세트 몽토반 전선을 공격하기로 되어 있었지만, 그날 공격하지 않고 5일 뒤 실행했다는 내용이다. 왜 예정대로 공격하지 않았는지를 밝히고, 이후 사건의 진상을 짧게 기술한다. 그런데 독자는 '소설'이라 명명된 보르헤스의 이러한 단편을 읽으면서 왠지 소설보다는 다른 어떤 것, 예를 들면 연구 논문, 아니 논문의 가설 부분이나 주석 또는 여담餘談을 읽고 있는 듯한 착각에 빠진다. 도대체 '소설'이란 무엇인가? 이런 물음을 유발하는 이 작품은 보르헤스가 마흔두 살 무렵에 발표한 '보르헤스적인 소설'이다.

보르헤스적인 소설이란 그의 나이 마흔 살 전후, 그러니까 1940년 전후에 생산된 새로운 양식의 소설을 가리킨다. 최초의 형상은 1939년, 그의 나이 서른아홉 살에 발표한 〈피에르 메나르,《돈키호테》의 저자〉라는 단편소설에서 나타난다. '보르헤스적인 소설'의 등장을 알리는 신호탄 격인 이 작품의 제목에 유의할 필요가 있다. 우리가 알고 있는《돈키호테》의 저자는 17세기 스페인의 마드리드 근처에서 살았던 세르반테스이다. 그런데 보르헤스의 이 작품 〈피에르 메나르,《돈키호테》의 저자〉라는 제목은 얼핏《돈키호테》의 저자는 세르반테스가 아니라 메나르라고 말하고 있는 듯 보인다. 우리가 익히 알고 있는 고유명固有名인 돈키호테가 제목 한가운데에 박혀 있지만, 사실 우리는 제목을 읽는 순간 그 고유명으로 인해 혼란을 느낀다. 분명한 사실이 분명한 가짜로 둔갑했을 때, 우리는 일시적으로 판단 정지 상태에 빠진다. 그리고 대상 앞에서 잠시 망설이게 된다.

이때의 망설임은, 이미 알고 있는 세계를 교란시키고 나아가 전복시키는 작가의 의도를 수락하고 수용할 것인가, 그리하여 작가가 인도하는 작품 속으로 들어갈 것인가 말 것인가에 대한 의사 결정 과정이다. 또한 '소설'에서 '보르헤스적인 소설'로 넘어가는 관문의 문턱에서 발생하는 것으로, 세상의 독자들은 이 망설임의 문턱 앞에서 두 부류로 나누어진다. 문턱을 넘어 성큼 안으로 들어서는 자와 결연히 돌아서는 자. 한계를 해체하고자 하는 부류, 경계를 뛰어넘고자 하는 족속들은 전자의 경우로, 그들 앞에는 '환상'이라는 거대한 세계가 기다리고 있다.

보르헤스적인 '환상'이란, 우리가 알고 있는 '비현실 또는 초현실적인 것, 마술, 환상' 또는 모든 소설의 본질에 해당하는 '헛것 illusion'의 창출과는 양상이 조금 다르다는 것을 눈치 챌 수 있다. 곧, 이미 알려진 인간이든 그렇지 않든 한 사람의 일대기를 그린 전기를 가짜로, 또는 그 사람의 행적 일부를 부연 설명하는 주석을 가짜로 꾸며내는 것. 또한 죽음이나 문학, 철학처럼 '형이상학적 관념 세계를 구체화시키려는 작업'이다. 한마디로 보르헤스적인 소설 또는 환상이란 가짜 전기, 가짜 주석, 관념의 구체화 또는 탐구 과정으로 요약되며, 이 모두는 도서관의 책들에서 출발한다.

실제 보르헤스의 삶과 소설은 도서관과 따로 떼어놓고 논할 수 없을 정도다. 아르헨티나에서 태어나 유년 시절 파리, 제네바, 마드리드 등 유럽에서 교육을 받았고, 영어 및 외국어에 능통했으며, 도서관 사서로 출발해 국립도서관장 자리까지 올랐다. 그는 평생 도서관의 책들을 섭렵하면서 시력을 잃어갔고, 후반기에는 그가 늘 흠모했던 제임스 조이스처럼 실명 상태에 이르렀다. 그런 의미에서 보르헤스의 환상이란 보이는 세계 너머, 보이지 않는 세계에 구체성을 부여하려는 작가의 '절체절명의 창조 행위'라고 할 수 있다.

세상에는 소설이 있고, 다른 한편으로 '보르헤스적인 소설'이 있다. '보르헤스적인 소설'이란 '보르헤스적인 환상'과 이음동의어이고, 21세기 세계 문화의 핵심 코드인 혼종성Hybrid의 기원이며,

2000년대 맹활약하는 일군의 한국 젊은 작가들이 지향하는 소설 세계의 원형原型, 곧 출처出處이다. 1994년, 미 서부 텍사스 주에서 스페인 문학을 전공한 황병하의 번역문으로 소개되었던 보르헤스의 《픽션들》은 나를 비롯하여 세상을 새롭게 해석하고 제시하려는 한국의 젊은 소설가들에게 하나의 충격으로 다가왔고, 그만큼 오랫동안 서가의 중심을 차지했다. 이후 2011년, 라틴아메리카 콜롬비아에서 스페인 문학을 전공한 송병선의 번역문으로 새롭게 소개된 《픽션들》은 21세기 한국 작가와 독자들에게 소설에 관한 새로운 소설 미학을 열어줄 것이다.

호르헤 루이스 보르헤스, 《픽션들》, 황병하 옮김, 민음사, 1994
폴 오스터, 《고독의 발명》, 황보석 옮김, 열린책들, 2001

그리고 길은 비로소
소설이 되었다

성석제 외, 《도시와 나》

러시아, 시베리아, 바이칼, 알혼 섬.
길의 속성은 시작과 끝이 하나, 끝은 새로운 시작의 출발점이다.

호메로스의 〈오디세이아〉를 출발점으로 소설의 원형은

길 위의 인간을 대상으로 쓰여왔다. 익명의 도시이든 가상의 공간이든,

소설은 인간의 마음이 향하는 길이면 그곳이 어디든, 매번 새로 태어날 것이다.

소설에 관한, 아니 길에 관한 이런 명제가 있다. "여행이 끝나자 비로소 길이 시작되었다." 이 명제는 소설을 매개로 하여 20세기에서 21세기로 이행해오는 과정에서 끊임없이 나를 자극해왔다. 길과 여행은 불가분의 관계이다. 문맥으로는 전후관계를 형성하지만, 순서를 뒤바꾼다 해도 변하는 것은 아무것도 없다. "길이 끝나자 비로소 여행이 시작되었다." 일반적으로 길이 끝나면 여행도 끝이 난다. 그러나 가끔 이야기가 소설로 진화하기도 하는데, 이때 결정적으로 작동하는 것이 바로 '비로소'의 세계이다. 여행과 길을 한 편의 소설로 탈바꿈시키는 '비로소'라는 문장부사는 문장 맨 앞에 놓여서 전前 역사를 괄호 속에 묶어버리는 '그리고'와 동류이다. 길과 여행을 대상으로 일반인과 소설가의 차이, 또는 여행기와 소설의 차이는 바로 이 두 부사에 대한 의식과 실현에 있다. 해외의 낯선 여행지를 무대로 한 여러 작가들의 단편을 묶은 《도시와 나》는 여행이 어떻게 소설이 되는지, 소설가들에게 여행은 무엇인지 잘 보여주는 예이다.

나는 모두가 거부하는 주소를 들고 세비야 한복판에 서 있었다. (중략) 강렬한 햇빛은 거리의 모든 것을 한 꺼풀씩 벗겨냈고, 내가 들고 있던 진녹색 수첩도 예외는 아니어서 그 속의 활자들도 조금씩 낡아가고 있었다. 흔하디흔한 택시들이 마치 오늘의 마지막 택시인 듯 내 앞을 스쳐갔고, 마침내 나는 하얗게 바랜 거리 위에 홀로 남았다.

윤고은, 〈콜럼버스의 뼈〉, 《도시와 나》

현대소설은 기본적으로 여행의 구조를 바탕으로 한다. 한 인물이 현실의 이런저런 사정으로 길을 떠났다가 이런저런 경험 끝에 의식의 전환을 맞아 돌아오는 이야기. 이때 길은 물리적인 공간 이동과 심리적인 내면 흐름을 뜻한다. 물리적인 공간 이동, 곧 주인공이 길을 떠나면서 진행되는 유형을 여로형 소설이라 부른다. 주인공이 왜 떠나는가에 대한 분명한 사건이 제시되어야 하고, 길 끝에서는 이전과는 다른, 변화된 의식을 보여주어야 한다. 바로 '길이 끝나자 여행이 시작되는 시공간', '비로소'가 작동하는 지점이 그것이다. 여로형 소설의 걸작으로 황석영의 〈삼포 가는 길〉을 꼽는다. 버스든 기차든, 어떤 운송 수단을 이용하든 공간 이동과 함께 과거(회상)와 현재가 뒤섞이며 자연스럽게 서사가 흘러가기 때문에 작가나 독자 모두 안정적으로 공유하는 유형이다. 여로형 소설은 작가로 입문하는 과정에서 시도하는 형식이자 작가로 입지를 굳힌 후에도 새로운 세계로 나아가기 벅찰 때마다 휴식처럼 돌아가 확인하는 원점이다.

《도시와 나》 중 여로형의 정석을 보여주는 것은 콜럼버스의 고향 세비야로 아버지의 흔적을 찾아 떠난 한 젊은 여성의 열흘을 그리고 있는 윤고은의 〈콜럼버스의 뼈〉이다.

남자는 내가 내민 사진을 유심히 보았다.

(중략) 사진 속 남자는 서른 살 무렵의 아버지였다. 그러니까 내가 태어났을 무렵의 아버지이자 곧 나와 이별할 때의 아버지 모습이었고, 내가 가진 유일한 그의 사진이었다. 나는 이 사람의 행방 때문에 한국에서 여기까지 왔다는 말을 했

다. 그가 이 집에 살고 있다는 소식을 들었다고.

　(중략) 내가 찾던 주소, 그러니까 내 아버지의 집은 노래 안에 있었다. 나는 그 이국의 언어를, 그러나 아버지에겐 이웃 같았을 노랫말들을 선 굵은 가락 위에서 꼭꼭 씹어 삼켰다. 아버지는 그 밤, 거기에 있었다. 노래 속에 살았다. (중략) 노란 식탁보 앞의 조그마한 무대, 그 밤의 따블라오를 떠올리면 여전히 나는 포만감을 느낀다.

윤고은, 〈콜럼버스의 뼈〉, 《도시와 나》

　여로형 소설은 어느 시대에나 존재한다. 소설이라는 종자는 사회 환경의 변화에 민감하게 반응하는 장르적인 속성을 가지고 있다. 언제 어디에서나 고전적인 여로형 소설이 쓰이는가 하면, 이와 병행하여 21세기적인 새로운 형식의 노마드 서사가 창조되고 있기도 하다. 노마드 서사란 관광 수준의 낯선 풍광과 인물을 소설화한 기행 소설 또는 여행 소설에서 한 단계 더 나아가 한곳에 정주하지 않고 끊임없이 대상, 공간을 이동하는 노마드적인 인물의 현실을 대상으로 한다. 일시적으로 어딘가로 떠난 것이 아니라 늘 어딘가로 떠나 있는 상태를 보여준다. 노마드 서사는 작가의 노마드적인 기질과 밀접한 관계를 가지고 있는데, 예를 들면 르 클레지오, 배수아, 김연수, 정영문, 김영하, 성석제 등이 그들이다. 이들의 작품은 프랑스나 한국에 고정되어 있지 않고 세계를 무대로 한다. 이들은 단지 스쳐 지나듯 여행하지 않고 한 도시에 일정 기간 체류하면서 현장을 연구하고 소설을 창작한다. 소설의 공간이 고정되어 있지 않은 것처럼 소설의 영역 또한 자유롭다. 에세이와 명상록, 인류학과 심리학, 언어학과 사회학적인 요소를 두루 아우른다.

흔히 아프리카를 잊힌 대륙이라고 한다.

그렇다면 오세아니아, 그곳은 보이지 않는 대륙이다.

그곳이 보이지 않는 대륙인 것은, 맨 처음 그 지역을 탐험했던 여행자들이 그
곳의 존재를 알아차리지 못했기 때문이기도 하지만, 오늘날까지도 그곳이 국제
적으로 인정받지 못한 곳, 일종의 통행로이자 어떤 면에서는 부재하는 곳으로 남
아 있기 때문이기도 하다.

르 클레지오, 《라가》

르 클레지오의 여행 에세이뿐만 아니라 그의 소설은 여행의 범
주를 뛰어넘어, 전지구적이고 인류적이다. '비로소'와 '그리고'의
세계가 미치지 않는 시원의 공간이고 미지의 영역이다. 소설적인
틀을 형성하는 최소한의 장치, 곧 '비로소'와 '그리고'가 최소한으
로 작동하는 장면은 성석제의 〈사냥꾼의 지도〉에서 만날 수 있다.

미친 듯이 페달을 밟았어. 어디선가 음악 소리가 들려오기 시작했어. 그리고 야
트막하게 지류에 걸쳐 있는 시멘트 다리가 나타났지. 자전거를 탄 내가 골고다의
길로 접어들기 전에 본, 세상사에 초연하게 낚시를 하고 있던 사람들이 여전히
낚시를 하고 있었어. 달라진 건 나는 그동안 무지의 대가를 무서운 모험으로 치
러냈다는 것.

(중략) 관광과 여행, 모험은 뭐가 다를까. 대상의 거죽을 스쳐 지나가는 것과
거죽 속의 속살을 들여다보는 것 그리고 자신의 거죽을 열고 세포 속의 물질을

대상과 뒤섞는 것의 차이? 결국 여행을 하고 모험을 겪고 나면 그 전과는 다른 존재가 되는 거지.

성석제, 〈사냥꾼의 지도−프로방스의 자전거 여행〉, 《도시와 나》

성석제는 여행을 창작 모티브로 삼은 크로노토프 소설들을 발표한 적이 있다. 크로노토프란 그리스어로 '시간'을 뜻하는 '크로노스chronos'와 '장소'를 뜻하는 '토포스topos'의 합성어로, 시간과 공간의 결합 방식 또는 시간과 공간이 사용되는 비율에 의해 발생하는 세계관의 차이를 가리킨다. 낯선 공간, 즉 여행지를 모티브로 한 크로노토프 소설은 이전의 여행 소설 또는 기행 소설과 구별되는데, 이때 관건은 작가가 '환상'이나 '생태' 등과 같이 '여행'을 하나의 형식 또는 장르로 선택 사용했는지의 여부이다. 《도시와 나》는 '여행 형식'을 취한 테마 소설집이다. 작가들이란 족속은 실제든 가상이든 이곳이 아닌 다른 곳을 꿈꾸는 속성을 가지고 있으므로 매 순간 자신이 창조한 인물과 함께 여행을 떠난다. 흥미로운 것은 작가마다 취하고 있는 여행에 대한 현실 인식과 의미가 개성적으로 다양하게 드러나고 있는 점이다.

필자의 〈어떤 여름〉의 경우, 열차에서 우연히 만난 두 남녀가 프랑스의 여러 지방 호텔들을 순례하는 여로형의 변형으로, 이 두 사람이 각각의 입장에서 번갈아 이동 공간을 이끌어가는 형태이다. 백영옥의 〈애인의 애인에게 들은 말〉은 짝사랑하는 남자의 공간에 은밀한 스토커처럼 스며들어 서블렛(세입자가 일시적으로 집을 비우는 동안 단기 렌트하는 것) 형태로 체류한 이야기이다. 주로 방에 대

303

한 묘사로 진행되는 이 소설은 뉴욕 브루클린을 배경 삼고 있지만, 서사의 흐름에서 보면 굳이 그곳이 브루클린이어야 하는 이유는 없다. 그것은 서울 홍대 앞이나 파리의 어느 허름한 아파트여도 무방하다.

집은 가로가 좁고 세로가 긴 레일로드 형태였다.

(중략) 주인이 오래된 자신의 집을 월세 전용으로 바꾸며 여러 개의 방으로 개조하는 과정에서 기이하게 구조가 일그러진 것 같았다.

공간은 크게 두 곳으로 분리돼 있었다. 한쪽 방에는 책상과 모니터, 사진을 뽑을 수 있는 대형 프린터가 놓여 있었고, 이케아에서 산 싸구려 조립식 책장 안에는 사진집과 책이 꽂혀 있었다.

(중략) 방을 서성이다 잠겨 있던 문 하나를 더 열었다. 거실과 침실, 부엌이 함께 있는 방에는 철제 프레임으로 만들어진 침대와 칼로 깊게 긁힌 자국이 선명한 작은 책상이 놓여 있었다. 나는 그가 앉았을 의자에 앉아 그가 마주했을 책장을 바라보았다.

(중략) 그를 사랑하기 시작한 지 1년 8개월 만에 나는 그의 집에 와 있었다.

백영옥, 〈애인의 애인에게 들은 말〉, 《도시와 나》

호메로스의 《오디세이아》를 출발점으로 소설의 원형은 길 위의 인간을 대상으로 쓰여왔다. 익명의 도시이든 가상의 공간이든, 소설은 인간의 마음이 향하는 길이면 그곳이 어디든, 매번 새로 태어날 것이다.

르 클레지오, 《라가》, 윤미연 옮김, 문학동네, 2012

성석제 외, 《도시와 나》, 바람, 2013

《가벼운 나날》 제임스 설터, 박상미 옮김, 마음산책, 2013

《감정 교육》(진 2권) 귀스타브 플로베르, 김윤진 옮김, 펭귄클래식코리아, 2010

《고독의 발명》 폴 오스터, 황보석 옮김, 열린책들, 2001

《그리고 산이 울렸다》 할레드 호세이니, 왕은철 옮김, 현대문학, 2013

《김 박사는 누구인가?》 이기호, 문학과지성사, 2013

《나목》 박완서, 세계사, 2012

《남자의 자리》 아니 에르노, 임호경 옮김, 열린책들, 2012

《너의 목소리가 들려》 김영하, 문학동네, 2012

《노인과 바다》 어니스트 헤밍웨이, 이인규 옮김, 문학동네, 2012

《누가 커트 코베인을 죽였는가》 김경욱, 문학과지성사, 2003

《댈러웨이 부인》 버지니아 울프, 최애리 옮김, 열린책들, 2009

《더블 ─ side A》 박민규, 창비, 2010

《도시와 나》 성석제 외, 바람, 2013

《두 도시 이야기》 찰스 디킨스, 이은정 옮김, 펭귄클래식코리아, 2012

《디어 라이프》 앨리스 먼로, 정연희 옮김, 문학동네, 2013

《라가》 르 클레지오, 윤미연 옮김, 문학동네, 2012

《레 미제라블》(전 5권) 빅토르 위고, 정기수 옮김, 민음사, 2012

《리틀 시카고》 정한아, 문학동네, 2012

《무진기행–김승옥 소설전집》 김승옥, 문학동네, 2004

《문학동네 31호》, 〈이것은 정영문이 아니다–깃털의 현상학〉 함정임, 문학동네, 2002 여름

《문학동네 38호》, 〈밥과 국〉 방현석, 문학동네, 2004 봄

《미나》 김사과, 창비, 2008

《미움, 우정, 구애, 사랑, 결혼》 앨리스 먼로, 서정은 옮김, 뿔, 2007

〈벤저민 버튼의 기이한 사건〉 F. 스콧 피츠제럴드, 한은경 옮김, 민음사, 2013

《변신–카프카 전집》 프란츠 카프카, 이주동 옮김, 솔, 1997

《보이》 저메인 그리어, 정영문·문영혜 옮김, 새물결, 2004

〈비행기를 갈아타기 전 세 시간〉 F. 스콧 피츠제럴드, 김욱동 옮김, 민음사, 2013

《사물들》 조르주 페렉, 김명숙 옮김, 펭귄클래식코리아, 2011

《악기들의 도서관》 김중혁, 문학동네, 2008

《어떤 작위의 세계》 정영문, 문학과지성사, 2011

《업둥이 톰 존스 이야기》(전 2권) 헨리 필딩, 김일영 옮김, 문학과지성사, 2012

《연을 쫓는 아이》 할레드 호세이니, 왕은철 옮김, 현대문학, 2010

《영이》 김사과, 창비, 2010

《예감은 틀리지 않는다》 줄리언 반스, 최세희 옮김, 다산책방, 2012

《옥수수와 나─2012 이상문학상 수상작품집》 김영하 외, 문학사상사, 2012

《외로운 남자》 외젠 이오네스코, 이재룡 옮김, 문학동네, 2010

《외제니 그랑데》 오노레 드 발자크, 조명원 옮김, 지만지, 2012

《웃는 동안》 윤성희, 문학과지성사, 2011

《유년의 뜰》 오정희, 문학과지성사, 1998

《이오네스코의 발견》 외젠 이오네스코, 박형섭 옮김, 새물결, 2005

《이인》 알베르 카뮈, 이기언 옮김, 문학동네, 2011

《인생 사용법》 조르주 페렉, 김호영 옮김, 문학동네, 2012

《잃어버린 시간을 찾아서》(전 6권) 마르셀 프루스트, 김희영 옮김, 민음사, 2012

《자전소설 1─축구도 잘해요》 김경욱 외, 강, 2010

《자전소설 2─오, 아버지》 전경린 외, 강, 2010

《자전소설 4─20세기 이력서》 방현석 외, 강, 2010

《장미의 이름》(전 2권) 움베르토 에코, 이윤기 옮김, 열린책들, 2009

《지금 살아 있다는 것은》 함정임, 강, 2005

《지도와 영토》 미셸 우엘벡, 장소미 옮김, 문학동네, 2011

《천 개의 고원》 질 들뢰즈·펠릭스 가타리, 김재인 옮김, 새물결, 2001

《천국에서》 김사과, 창비, 2013

《최순덕 성령충만기》 이기호, 문학과지성사, 2004

《탐닉》 아니 에르노, 조용희 옮김, 문학동네, 2004

《테러의 시》 김사과, 민음사, 2012

《프라하의 묘지》(전 2권) 움베르토 에코, 이세욱 옮김, 열린책들, 2013

《픽션들》 호르헤 루이스 보르헤스, 황병하 옮김, 민음사, 1994

《한 여자》 아니 에르노, 정혜용 옮김, 열린책들, 2012

《행복을 주는 그림》 크리스토프 앙드레, 함정임·박형섭 옮김, 마로니에북스, 2007

《향수》 밀란 쿤데라, 박성창 옮김, 민음사, 2012

《W 또는 유년의 기억》 조르주 페렉, 이재룡 옮김, 펭귄클래식코리아, 2011

국립중앙도서관 출판시도서목록(CIP)

무엇보다 소설을 : 더 깊게, 더 짙게, 혼자만을 위한 지독한 독서 /
지은이: 함정임. -- 고양 : 위즈덤하우스, 2017
 p. ; cm

ISBN 978-89-5913-474-8 03810 : ₩14000

소설 평론[小說評論]

809.3-KDC6
809.3-DDC23   CIP2017003348

무엇보다 소설을

더 깊게, 더 짙게, 혼자만을 위한 지독한 독서

초판 1쇄 인쇄 2017년 2월 20일
초판 1쇄 발행 2017년 2월 25일

지은이 함정임
펴낸이 연준혁

출판 1본부 이사 김은주
출판 7분사 분사장 최유연
편집 주리아 디자인 김준영

펴낸곳 (주)위즈덤하우스 출판등록 2000년 5월 23일 제13-1071호
주소 경기도 고양시 일산동구 정발산로 43-20 센트럴프라자 6층
전화 031)936-4000 팩스 031)903-3893 홈페이지 www.wisdomhouse.co.kr

ⓒ함정임, 2017

ISBN 978-89-5913-474-8 03810
값 14,000원